英国執事の淫らな夜

羽鳥有紀

14913

角川ルビー文庫

英国執事の淫らな夜

CONTENTS

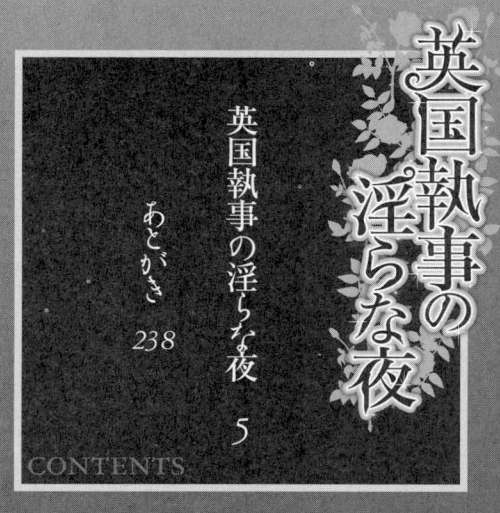

口絵・本文イラスト／水名瀬雅良

1

驟雨《しゅうう》に濡《ぬ》れるロンドンの街をゆったりと走り抜《ぬ》けて、ロールスロイスはノッティング・ヒルの高級住宅地に入った。

それを車窓から確認《かくにん》し、密《ひそ》かに深呼吸をすると、松雪薫《まつゆきかおる》はスーツの胸ポケットから愛用の眼鏡《めがね》を取り出した。

艶《つや》のある黒髪《くろかみ》に縁取《ふちど》られた小さな顔に、その銀のメタルフレームの眼鏡をかけると、薫の印象は知的だがいかにも冷たそうな、近寄りがたいものになる。

まるでよくできたマネキンのようだと、友人達からの評判は悪かった。隣《となり》では主人——いや、もう元主人というべきだろう、シェルフィールズ伯爵《はくしゃく》ナイジェル・ウェリントンが眼鏡をかけた薫を見てかすかに眉《まゆ》を寄せている。

「その眼鏡はまだ必要なのかな、薫？」

質問の形を取ってはいるが、ナイジェルの口調はたしなめるときのそれだ。

はい、と困ったような微苦笑《びくしょう》を浮《う》かべ、薫は母国語さながらの流暢《りゅうちょう》な英語で応じた。

「仕事に専念するために、できるだけ面倒《めんどう》は避《さ》けたいので」

「その薄《うす》いレンズ一枚がきみにとって重要なものだとはわかっているし、うるさいことを言うつもりもないよ。だが、そんなふうに周囲を拒《こば》むのはそろそろ止めたほうがいい。それに、きみの新しい雇用主《こよう》は隠《かく》し事をされるのが嫌《きら》いなんだ。用心深い男だから、屋敷《やしき》の中や社のことはもちろん、身の回りに置く人間のことも、細かい部分まで把握《はあく》していないと気が済まない」

「そうですか。でも、ご心配なく。わたしには隠し事などありません」

澄《す》まして答えて正面を向くと、目的地であるスタッドフォード伯爵邸《てい》が見えてきた。

「強情《ごうじょう》なのは子供の頃《ころ》から変わらないな」

ナイジェルが仕方なさそうに肩《かた》を竦《すく》める。

「確かに隠し事ではないが、眼鏡ひとつでそこまで変わるなら、立派な詐欺《さぎ》だと僕は思うよ」

「詐欺だなんて、大袈裟《おおげさ》です」

ナイジェルの言いように小さく微笑《ほほえ》み、停止した車から降りた薫はヴィクトリア調の華麗《かれい》な邸宅《ていたく》を見上げた。

十二世スタッドフォード伯爵エドガー・リンゼント。

それがこの屋敷の所有者で、薫の新しい主人の名だ。

今日から薫は、ここ、スタッドフォード伯爵邸の執事《しつじ》として働くことになっている。

——エドガー・リンゼント、か。

リンゼント家は何百年と続く由緒正《ゆいしょただ》しい家柄《いえがら》だ。その当主は、ロンドンや地方に持つ広大な土地を始め莫大《ばくだい》な財産を所有し、スタッドフォード伯爵領で自家のために作らせて以来二百年以上の歴史を誇《ほこ》る最高級の磁器メーカー『リンゼント』のトップを受け継《つ》ぐことになっている。

二年前、二十五歳の若さでそのすべての財産と爵位《しゃくい》を継承《けいしょう》したのがエドガー・リンゼントだ。

彼について、世間の評価は真っ二つに分かれていた。

スタッドフォード伯爵家は昔から美術界と関《かか》わりが深く、歴代当主の芸術への深い愛情、造《ぞう》詣《けい》の深さ、人や物の本質を見抜く眼力や審美眼《しんびがん》は高く評価されてきた。当代伯爵もその例に漏《も》れず、美術界に多大な影響力《えいきょう》を持っている。その一方で、実業家としても非凡《ひぼん》な才を示しており、その辺りは世間にも認められているのだが、彼にはひとつ大きな問題があった。

プライベートが派手なのである。

スタッドフォード伯爵エドガー・リンゼントは美術誌や経済誌、ときにはファッション誌にも特集を組まれる一方で、タブロイド紙の常連だった。派手なわりにはスマートできれいな遊び方をするので、そこはあまり非難の対象になることはない。しかしスキャンダルは後を絶《た》たず、付き合う相手は美しければ性別を問わないという無軌道《むきどう》ぶりが、特に年配の人々の眉をひそめさせていた。

あのように享楽的《きょうらく》な生活を続けていたら、エドガーの代で伯爵家は絶えるのではないか――。

そんな憶測《おくそく》までまことしやかに囁《ささや》かれているほどだ。

ただ、ナイジェルらウェリントン家の者だけは社交界共通の認識と少々意見を異にしていた。

エドガーの遊びに顔を顰《しか》めてはいるものの、擁護《ようご》する立場を取っている。

「きみをスタッドフォード伯爵家の執事に推薦《すいせん》しようと思うのだが、どうだろうか？」

ナイジェルの父アーリントン侯爵《こうしゃく》ウィリアム・ウェリントンにそう告げられたとき、薫は、世間のイメージとエドガーの表面的な言動に惑《まど》わされず、どうか彼の本質を見極めて添《そ》ってやって欲しいと頼《たの》まれた。

「なぜわたしにそのような役割を？」

理解できず、薫は尋《たず》ねた。

英国に来てから一年と少し。侯爵家の副執事として働く薫は無能ではないが特に有能というわけでもなく、なんといっても経験が浅いことを自覚していた。それに世間のイメージがどうこうという以前に、スタッドフォード伯爵についてはナイジェルの友人だということしか、そのときの薫は知らなかったのだ。

そんな自分が、なぜ伯爵家の執事に推薦されるのだろう？

「おそらく英国人では駄目《だめ》なのだ。エドガーに対して先入観がなく、英国の社交界との繋《つな》がりもなく、他人の心の痛みを我がことのように理解できるものでなければ。そんな人物を、私はきみのほかに知らないのだよ」

侯爵の説明に薫はますます戸《と》惑《まど》った。

その言葉の前半はともかく、後半部分は自分にはまったく当てはまらない。なぜなら薫は、執事という仕事を離《はな》れたら、他人に対して少しも興味を持てない人間だからだ。

「どうか頼まれてくれないか」

断ろうとする薫の機先を制するように、アーリントン侯爵は重ねて言った。

そんなことを言われても、と困り果てた薫に、頼むとばかりに侯爵が頷《うなず》きかけてくる。その眼差《まなざ》しに表れた自分に対する信頼《しんらい》の光を認めた瞬間《しゅんかん》、妙《みょう》な使命感に捕《と》らわれて、

「わたしでよければ、お引き受けいたします」

気づけばそう答えていた。

そしてあれから一ヶ月が経った今日、侯爵家の副執事からスタッドフォード伯爵家の執事となるべく薫はノッティング・ヒルへやってきたのだ。

だが、薫は伯爵邸の前に立った今も、自分がアーリントン侯爵の期待に応《こた》えられるとは思えずにいた。人に対して興味を持ったり、誰かに心を傾《かたむ》けるなんて薫には考えられないことだ。

そんな自分が、特定の人物の本質を見つけ出し、そこに寄《よ》り添うなんて到底《とうてい》無理な話である。

けれどその代わり、スタッドフォード伯爵を主《あるじ》と仰《あお》いで誠実に仕《つか》える心積もりはあった。執事としてはまだ未熟だが、精一杯《せいいっぱい》務めさせてもらうつもりだ。

「送ってくださってありがとうございました」

トランクから荷物を下ろしてナイジェルに向かって一礼すると、なぜだか彼は頷きながら車から降りてきた。薫は思わず目を細める。なんだか嫌《いや》な予感がする。

「……まさか同行なさるおつもりではありませんよね、マイ・ロード？」

「その呼び方はなしだよ、薫。僕はもうきみの主人ではないのだからね」

輝《かがや》くような金髪《きんぱつ》に縁取られた貴公子然とした容貌《ようぼう》が、にこりと笑いかけてくる。

「ですが、次期侯爵さまでしょう?」

「それはそうだ。だが、もうきみと僕は主従ではなくなったのだから、今は友人のはずだよ。今日からはナイジェルと呼んで欲しい。昔のように」

兄弟同然の仲だっただろう? と、微笑みかけられて薫は困った。この笑顔《えがお》には弱いのだ。

誰にも心を傾けはしないが、ナイジェルだけは特別だった。昨日までは主人だったけれど、そうなる前から彼は頼《たよ》りがいのある兄のような存在として薫の心に住んでいる。だから「いいね?」と穏《おだ》やかに、それでいて有無《うむ》を言わせぬ調子で念を押されると、頷くしかなくなるのだ。

「では、プライベートではそうお呼びします」

押し切られる形で頷いた薫に、ナイジェルは満足そうな笑みを浮かべた。

「うん。じゃ、行こうか」

「はい。——って、いえ、そうじゃなく! ちょ、あの、ちょっと待ってください!」

つい習慣で彼の後に従いかけた薫は、慌《あわ》ててナイジェルを引き止めた。

「どうした。なにか問題でも?」

薫が嫌がっていることをわかっているのだろう、振《ふ》り返ったナイジェルの木漏《こも》れ日を思わせる緑の瞳《ひとみ》が楽しげにきらめいている。その双眸《そうぼう》を、薫はレンズ越《ご》しに恨《うら》みがましく見上げた。

「送っていただき、ありがとうございました」

「それは、さっき聞いた」

「はい。ですから、――ありがとうございました、と申し上げています」

「うん？」

「ですから、マ、いえ、ナイジェルさま」

「もう帰れ。と、言いたいのかな？」

その通りだ。だが、はっきりとそう口にするのは躊躇《ためら》われる。

「いえ、ただ新しい職場に前の主人が同行するのは、常識的に考えてどうかと思ったので」

「なんだ、そんなことなら気にする必要はないよ。僕は推薦状のようなものだ」

「推薦状ならアーリントン卿《きょう》からいただきました」

「ならば紹介状だ。前歴証明書を兼《か》ねてもいい。なにしろ僕はきみについて、学生時代のアルバイトから最初の就職先での様子、ウェリントン家での優秀《ゆうしゅう》な働きぶりまで大抵《たいてい》のことは知っているのだからね。なにを言われても、薫の人柄《ひとがら》や能力について僕は証言することができる」

便利だろう？　と青年貴族らしく優雅《ゆうが》に微笑《ほほえ》むナイジェルには引く気がまったくないようだ。

薫はそれを彼の意図と共に悟《さと》り、微苦笑《びくしょう》を浮《う》かべた。

――過保護っていうんだろうな、こういうの。

この国では、執事《しつじ》はイギリスにしかおらず、他国にいるのは名称《めいしょう》はどうであれ単なる召《め》し使《つか》いに過ぎないと昔からよく言われてきた。そうした感覚は今でも少なからず残っているから、日本人であるにも拘《かか》わらず執事として働く薫のことをスタッドフォード伯爵がどう扱《あつか》うか、彼は心配しているのだ。

保護者同伴《どうはん》で就職試験の面接を受けるような恥《は》ずかしさはあるけれど、そんな気遣《きづか》いに触《ふ》れては拒《こば》めない。

「わかりました。では、ご一緒《いっしょ》させていただきます」

薫は胸に温かな波紋《はもん》が広がるのを感じながら、伯爵家に訪問を告げた。

「やあ、エドガー。久しぶりだ」

「……招いた覚えはないが」

従僕《じゅうぼく》に案内されて書斎《しょさい》へ通されたナイジェルと薫は、冷ややかな灰色の眼差《まなざ》しに迎《むか》えられた。それは友人に向けるものとは思えない、切りつけるような目つきだったが、ナイジェルは気にしたふうもなく、にこやかに挨拶《あいさつ》をしてみせた。

「機嫌《きげん》が悪いな。なにか嫌なことでもあったのか？」

ナイジェルの言葉に男は更《さら》に目に力を込め、広げていた画集を見もせずに閉じた。

暗褐色《あんかっしょく》の髪《かみ》に刃物《はもの》のような灰色の瞳。秀《ひい》でた額からすっと通った高い鼻梁《びりょう》。シャープな頬《ほお》のラインも薄《うす》い唇《くちびる》も、すべてが計算し尽《つ》くされたように整い、絶妙《ぜつみょう》なバランスで配置されている。険しい表情や剣呑《けんのん》な目つきは品位を損《そこ》ねそうなものなのに、彼の場合は不思議と気品が保たれていた。貴族的な品の良さに野性的な凄《すご》みが加わって、独特の存在感を放っている。

――この人がスタッドフォード伯爵エドガー・リンゼント……。

友人が訪ねてきたというのに、彼は革張《かわば》りのソファに身を沈《しず》めたまま立ち上がろうともしない。その態度は無礼だが、まるで孤高《ここう》の獣《けもの》のようでもあって薫は不快に感じなかった。

「なんの用だ。なにしに来た」

迷惑《めいわく》そうに眉根《まゆね》を寄せていたが、エドガーは向かいのソファに座るようにナイジェルに仕草で示した。薫のことを無視しているのはナイジェルの使用人だと認識しているためだろう。

「なんの用だとは、随分《ずいぶん》な挨拶だな」

ナイジェルがソファに腰掛《こしか》けると、薫はその斜《なな》め後ろに影《かげ》のようにそっと立つ。

「我が家の副執事を今日きみに紹介すると、一ヶ月も前から伝えていたと思ったが」

「俺は断った。外国人の執事など信用できるか。アーリントン卿にもそう伝えたはずだ」

「だが、きみは断りきれなかった。だから今、僕たちがここにいるんだろう？」

「頼《たの》んでもいないのに、勝手にな」

ふたりのやり取りを聞きながら、薫はアーリントン侯爵《こうしゃく》から教えられた話を思い返していた。

多くの男女と派手に遊んではいるが、実はエドガーは人嫌《ひとぎら》いなのだという。だから現在この屋敷《やしき》には、厳選された使用人が数人いるだけだ。エドガーが当主になったとき、彼の眼鏡に適《かな》わぬ者たちは皆解雇《みなかいこ》されてしまったのだ。

執事も二年前まではいたのだが、年老いて身体《からだ》が弱くなり、階段で転んで骨折したのをきっかけに退職していた。それ以来この屋敷に執事は不在で、慢性《まんせい》的に人手不足なのだ。大きな屋敷を管理するために伯爵家は新たに人を雇《やと》う必要《ひつよう》に迫《せま》られており、特に信頼できる執事を探していた。

しかし、エドガーの人嫌いと傍若無人《ぼうじゃくぶじん》な性格が災いし、良い人材が集まらないのだという。

――これじゃ確かに、誰も寄り付かないだろうな。

本人を目の前に薫が納得していると、後ろ姿からでもはっきりわかるほどナイジェルが大きな溜《た》め息をついた。

「エドガー、きみは仕事のことだけでなく家のことも、もう少し真剣《しんけん》に考えるべきだ」

「そんなことはおまえに言われるまでもない。余計な口出しをするな」

鬱陶《うっとう》しいとばかりに顔を顰《しか》めたエドガーが、手にした画集をローズウッドのテーブルに投げ出した。だが、ナイジェルは構わずに続ける。

「新たな執事を雇い入れても三日と持たずに逃《に》げられるか、きみが追い出してしまうかだ。そんなことを繰《く》り返しているから、父は薫をこの屋敷に遣《つか》わすことに決めたんだ。はっきり言わせてもらうが、他家の使用人たちの間でも今のスタッドフォード伯爵家の悪名は高いぞ。気難しくて傲慢《ごうまん》な主人は、新しく使用人を雇い入れては無理難題をふっかけて、いたぶって楽しんでいる、と。そんな人間に仕えたいとは誰も思わないだろう。優秀な人材ならば尚更《なおさら》だ」

「くだらない噂話《うわさばなし》など、どうだっていい。結局なにが言いたいんだ」

「今度の話を逃《のが》したら、まともな執事は見つからないということだ」

その台詞《せりふ》にエドガーの目が動き、薫を射た。鋭《するど》い眼差しは、目があっただけで竦《すく》みあがりそうな迫力《はくりょく》だ。けれど薫は、それをレンズ越しに受け止めたせいか、そもそも興味がないせいか、その迫力に驚《おどろ》いたものの特に怯《ひる》みはしなかった。

「ではエドガー、紹介しよう。彼はミスター・カオル・マツユキ。僕達より二つ年下の二十五歳で、日本人だ」

不愉快《ふゆかい》そうなエドガーを、ナイジェルはきれいに無視して話を進めていく。そんな様子に薫は内心で苦笑しながら、促《うなが》されるまま一歩進み出ると完璧《かんぺき》な角度で腰《こし》を折った。

「アーリントン卿のご紹介で、本日よりスタッドフォード伯爵家に執事としてお仕えいたします、カオル・マツユキです。どうぞ宜《よろ》しくお願いいたします」

エドガーは不機嫌に鼻を鳴らしただけだった。これには薫も不快感を覚えたが、もちろん表には出さず、礼儀《れいぎ》正《ただ》しく目を伏《ふ》せる。

「父が親日家なのは知っているだろう？　薫は、父が贔屓《ひいき》にしている日本の老舗《しにせ》旅館を手伝いながら育ってね。僕も父と共によく訪れたから、薫のことは子供の頃《ころ》から知っている。身元は確かだ。英語での会話能力はきわめて高いから、その点も安心してくれていい。一年ほどウェリントン家の副執事を務めてもらったが、よく気のつく優秀な働きぶりだったよ。父も僕も、彼の人柄や職務態度には全幅《ぜんぷく》の信頼《しんらい》を寄せている」

「へぇ？」

ナイジェルの言葉をどう受け止めたのか、エドガーが皮肉に片眉《かたまゆ》を上げた。

「おまえはともかく、侯爵が信頼している？　色々とバランスの悪いこれをか」

その蔑《さげす》むような口調や、顎《あご》をしゃくってのこれ呼ばわりには、さすがに薫もむっとした。しかもバランスが悪いとはどういうことだ。

エドガーの口元に浮かんだ嘲笑《ちょうしょう》に、初対面でなぜここまで貶《けな》されなければならないのかと怒《いか》りが込み上げたが、薫は自制し、仮面のような無表情を保った。

しかしエドガーの発言は、薫よりもナイジェルを刺激《しげき》したようだ。

「――エドガー。薫を侮辱《ぶじょく》することは、彼を信頼してきみに紹介《しょうかい》した我々を侮辱するに等しいと、もちろん理解しているのだろうね」

ナイジェルの声が硬《かた》く、低くなる。これは彼が本気で機嫌を損ねるときの前触《まえぶ》れだ。気づいた薫は怒りも忘れ、ナイジェルのことが心配になった。

自分のことはなにを言われても構わないが、そんなことでナイジェルに友人と――たとえこ

んな男でもナイジェルが友人だと思っているなら、仲違《なかたが》いをして欲しくない。

「なんだ、ムキになるなんて珍《めずら》しいじゃないか。たかが使用人ひとりのことで」

そんな薫の気持ちをよそに、ナイジェルの怒りを煽《あお》るつもりなのかエドガーがにやりと口角を引き上げた。それにナイジェルが表情を険しくし、なにか言い返そうと口を開いたので、

「ナイジェルさま！」

とっさに薫は遮《さえぎ》った。虚《きょ》を衝《つ》かれたようにナイジェルがこちらを振《ふ》り返る。

「薫――？」

軽く見開かれた若葉色の瞳《ひとみ》に、薫はにこりと笑いかけた。

「ナイジェルさま。スタッドフォード卿《きょう》にご紹介いただき、ありがとうございました」

「いや、だが――」

「もう、ひとりで大丈夫《だいじょうぶ》です」

ナイジェルがなにか言いかけたが、被《かぶ》せるようにそう言って、もう一度微笑《ほほえ》みかける。

薫の気持ちを察したのだろう、ナイジェルが小さく息を吐《は》いて怒気《どき》を散らした。

「そうだな。こんな口論に意味はない。僕が口を出すのも余計なことだ。ここは当事者同士に任せるが……後で様子見の連絡《れんらく》くらいはさせて欲しい。それは構わないね？」

「はい。お待ちしています」

ほっとして頷《うなず》いた薫の耳に、舌打ちが聞こえた。エドガーだ。どうやら彼はナイジェルを怒《おこ》

らせ、こんなところには置いていけないと薫を連れ帰らせようと企《たくら》んでいたらしい。

——そんなに嫌《いや》なら口先だけじゃなく、もっときちんと断ればいいのに。

こんな回りくどいやり方をするよりも、そのほうが問題の解決は早いはずだ。

「僕はこれで失礼するよ。薫はもうきみの執事《しつじ》だ。大事にしてくれ」

ナイジェルがエドガーを振り返り、それから、と穏《おだ》やかに続けた。

「エドガー、きみのことも友人として大切に思っているよ。だから薫を紹介したんだ。彼は英国の上流社会とはなんのしがらみもない。きみの異母弟や義母上とも。だから安心してくれ」

「フン、余計な世話だ」

ナイジェルの厚意と気遣《きづか》いを一言で切り捨てたエドガーに薫は反感を募《つの》らせたけれど、ナイジェルはもう相手にしなかった。それじゃ、と軽く手を上げて、見送りに出ようとする薫を制して帰っていった。

「スタッドフォード卿」

エドガーと共に書斎《しょさい》に残された薫は、途端《とたん》に笑顔を消し去った。眼鏡《めがね》の位置を整えると、無表情にエドガーへと歩み寄る。

「推薦《すいせん》状と前歴証明書です。一応、お渡《わた》しします」

「……」

なにが気になったのか、エドガーは数秒、薫の顔を訝《いぶか》しげに眺《なが》めていた。薫が首を傾《かし》げると、レンズが照明を反射する。それが眩《まぶ》しかったのかエドガーが僅《わず》かに目を眇《すが》め、それでも薫の顔に視線を据《す》えたまま書類を受け取った。

「この件に関しては契約《けいやく》済みだと聞かされていましたが、それはわたしの聞き違《ちが》いだったようです。わたしを雇いたくないというお気持ちはよくわかりました。そのことは、どうぞ直接アーリントン侯爵さまにおっしゃってください。わたしは侯爵さまにこちらで働くことを打診《だしん》され、自分の意思でお受けしました。自分で受けたものを自分から放棄《ほうき》するわけには参りません」

推薦状と前歴証明書になおざりに目を通しながら、エドガーがうんざりと溜め息をついた。

「勘違《かんちが》いじゃない」

え、と薫は瞬《まばた》きをする。

「それはどういう……？」

「契約は成立している。アーリントン卿に押し切られてな。迷惑《めいわく》な話だが、卿には恩があるから断りきれなかった。だからナイジェルの奴《やつ》を怒らせて、向こうからの白紙撤回《てっかい》を狙《ねら》っていたんだが、目論《もくろ》みはもろくも崩《くず》されたわけだ。おまえにな」

じろりと薫を一睨《ひとにら》みして、彼は再び書類に目を落とす。

「——で？　おまえは英国にきて一年と少し。その間、侯爵家の副執事を務め、その前は日本の一流ホテルのバトラーだったということだが、その程度の経験でこの屋敷《やしき》の執事が簡単に務まると思うのか」

「簡単だとは思っていません」

「ハ、どうだかな」

書類を投げ出したエドガーが急に立ち上がったので、薫は一瞬《いっしゅん》どきりとした。エドガーの背が思ったよりずっと高かったからだ。二十センチは高い位置から見下ろされると、まるで黒い影《かげ》に覆《おお》い被さられるような圧迫感《あっぱくかん》がある。

言っておくが、とエドガーが冷たく目を光らせた。

「雇《やと》ったからには侯爵も恩も関係ない。経験の有無も同様だ。無能な執事見習いやアンバランスな人形を飼っておくほど、馬鹿《ばか》でも酔狂《すいきょう》でもないんでな」

「な、っ……」

――無能な執事見習い？　アンバランスな人形？

それはいったい誰のことだと言い返してやりたかったが、こんなことで感情を爆発《ばくはつ》させたら執事失格だ。それこそ執事見習いだと自分で証明することになってしまう。それは自分だけでなく、紹介者《しょうかいしゃ》である侯爵やナイジェルの面目《めんもく》を潰《つぶ》すことにも繋《つな》がるのだ。

「役に立たなければ即刻《そっこく》クビだ。いいな？」

喉《のど》のすぐ下までせり上がってきた抗議《こうぎ》の言葉を飲み下し、薫は澄《す》まして礼をとった。

「――承知いたしました。マイ・ロード」

＊

——あと一日だ。あと一日……。

移動する庭師の作業車を目で追いながら、薫は心の中で繰り返しそう唱えていた。

今日は水曜日。ということは、明日は間違《まちが》いなく木曜日だ。

木曜日は薫の、週に一度の休日である。

その日だけは朝の五時前に起き出さなくていい。五紙もとっている新聞の一枚一枚にアイロンをかけたりしなくてもいい。それにエドガーを起こしにいって、

「なんだ、まだいるのか。普通《ふつう》の神経ならそろそろ倒《たお》れるか逃《に》げ出すかするはずなんだが、ひ弱そうに見えて案外しぶといな」

などという嫌味《いやみ》を聞かされることもない。

伯爵家の系譜《けいふ》と現在のファミリーを暗誦《あんしょう》させられることもなく、屋敷に伝わる宝飾品《ほうしょくひん》や美術品についての抜《ぬ》き打ちテストをされることもないだろう。抜き打ちテストで唯一《ゆいいつ》、エドガーの寝室《しんしつ》に飾《かざ》られている絵皿については答えられなかったのだが、ことあるごとにそれを持ち出されて嘲笑《ちょうしょう》されることもないはずだ、木曜日だけは。

伯爵家で働き始めて二週間、薫は執事として真面目《まじめ》にエドガーに仕《つか》えていた。

この屋敷にはメイドが二人、従僕《じゅうぼく》が二人。メイドを纏《まと》めるメイド頭、コック、運転手がそれぞれひとりずついて、毎週水曜に庭師がやってくる。彼らのプロフィールも憶《おぼ》えていたのでコミュニケーションを取るのは思ったよりもスムーズにいった。スタッドフォード伯爵家については、事前に必要最低限の知識を頭に入れておいたので職務にも比較的《ひかくてき》すんなりと馴染《なじ》んだ。それでも実際に仕事をすると、わからないことや、学ばなければならないことが次々と出てくるものである。

エドガーが社長を務めるリンゼント社の仕事内容や取引相手とのプライベートでの間柄《あいだがら》。彼の公私それぞれのスケジュール。屋敷内の部屋と物の配置、使用人同士の人間関係、他家にはない伯爵家独自の習慣や約束事など、数え上げればきりがない。

日常において絶対に必要な基本的知識や、外部からはわからない伝統と習慣、年間スケジュールとその流れを、薫は最初の一週間で頭に叩《たた》き込んだ。執事の仕事は早朝から深夜に及《およ》ぶから、唯一自由に使える睡眠《すいみん》時間を削《けず》ってムキになって覚えた。初対面でこちらを侮《あなど》り、嘲笑を浴びせてきたエドガーの態度があまりにも悔《くや》しくて、見返してやりたくて必死だったのだ。

──役に立たないなんて、言わせない。

世話になった侯爵家の面目を保つためにも、自分自身のプライドにかけても、伯爵家の執事としてエドガーに自分を認めさせてみせる。その思いが薫を突《つ》き動かしていた。

しかし、ほとんど二十四時間態勢で完璧《かんぺき》な執事を目指していれば、さすがに息が切れてくる。

新しい環境《かんきょう》に入ったばかりだし、自分を解雇《かいこ》する理由を常に探している主人に仕えているのだ。

心身ともにずしりとした疲労《ひろう》を抱《かか》え込んだ薫は、木曜日を待ち望んでいた。

明日は休みだと思えば、たとえ仕事用の携帯電話《けいたいでんわ》に着信があって、

『やだ、貴方《あなた》誰？　まさかエドガーの新しい恋人《こいびと》じゃないでしょうね』

などと見知らぬ女性から訳の分からない言いがかりをつけられても、至極《しごく》冷静に対処できる。

エドガーの遊び相手からこうした電話が掛《か》かってくるのは、これで本日三本目、今週中なら十一本目であってもだ。

薫を追い出すための嫌がらせの一環《いっかん》なのか、エドガーは一夜限りの遊び相手に連絡先をせがまれると、薫の仕事用の携帯《けいたい》番号を教えているのだった。

それについて薫は一度、苦情を申し立てた。

「遊びの後始末はご自分でなさってください」

「馬鹿言うな」

エドガーは鼻で笑ってこう言った。

「それが面倒《めんどう》だからおまえに回しているんだ。主人が快適に暮らせる環境を作るのが執事《しつじ》の務めじゃなかったか？　それとも、この程度のことも捌《さば》けないほど無能なのか」

だったら辞《や》めてもいいんだぞと小馬鹿《こばか》にされて、薫は沸《わ》き上がった反論と苛立《いらだ》ちをまとめて必死に飲み込んだ。押し付けられた仕事がどんなに理不尽《りふじん》なものでも、抗議すれば捌けないと

見なされる。役に立たないと判断する材料を与《あた》えてしまったら、薫は即《そく》クビなのだ。

こうした電話も、最初の頃《ころ》は着信があるたびに苦々しく思っていたけれど、最近はさすがに慣れてきた。

ただ、断りの言葉を述べるときはエドガーへの憤《いきどお》りも忘れ、いつも胸が痛くなる。

「申し訳ございませんが、スタッドフォード卿《きょう》にお繋ぎすることはできません」

そう伝えながら、つい相手の立場に自分を置き換《か》えてしまうからだ。

通話を切ると、レンズの下で薫はそっと目を伏《ふ》せた。疲《つか》れのせいか、そのまま気持ちが落ち込みそうになった。そんな自分の弱さが嫌《いや》で、気持ちを切り替《か》えるために薫は軽く頭を振《ふ》る。

と、背後から声が掛かった。

「そこのきみ、ちょっといいかな」

振り返ると、伯爵邸《てい》に来る前に基礎《きそ》知識として憶《おぼ》えた顔があった。

「ダニエル卿――」

エドガーの異母弟、ダニエル・リンゼントだ。

名を呼ぶと、褐色《かっしょく》の髪《かみ》の下、茶色の瞳《ひとみ》がほっとしたように和《やわ》らいだ。

「ああ、よかった。きみ、新しく来た執事だろう？　俺が誰だかわからなくて、追い出されたらどうしようかと思った」

ダニエルは、エドガーとは似ても似つかぬ明るく親しみやすい笑顔《えがお》を浮《う》かべた。あの、人を人とも思わぬ冷ややかな傲慢《ごうまん》さが前面に押し出された兄とは違《ちが》い、穏《おだ》やかそうな人物に見える。

「初めてお目にかかります、ダニエル卿。わたしは二週間前から伯爵家の執事を務めさせていただいております、マツユキと申します。本日はお出迎《でむか》えもせず、大変失礼いたしました」

薫は己《おのれ》の非礼を詫《わ》びた。来客を知らせるベルは鳴らなかったはずだが、ダニエルがここにいる以上、おそらく薫が聞き逃《のが》したのだ。

「いいよ。気にしないで」

ダニエルは咎《とが》めることなく鷹揚《おうよう》に笑って流してくれた。これがエドガーだったなら、職務怠《たい》慢《まん》だと喜んで不手際《ふてぎわ》をあげつらったに違いない。そしてクビを言い渡《わた》すのだ。

「連絡《れんらく》もせずいきなり帰ってきて、驚《おどろ》かせて悪かったよ。ところでさ」

辺りを見回して周囲に人のいないことを確かめた上で、ダニエルは更《さら》に声をひそめた。

「鍵《かぎ》、持ってる？」

「なんの鍵でしょう？」

この屋敷《やしき》には鍵付きの部屋や調度品が沢山《たくさん》ある。

「部屋だよ、部屋の鍵。四階の」

「四階の鍵、でございますか？」

薫は首を傾《かし》げた。鍵は普段《ふだん》メイド頭が管理しているが、今日は彼女が休みなので代わりに薫が預かっている。しかし、とっくに独立して屋敷を出たダニエルが、なぜ四階の鍵を必要としているのだろう？　そこは人手不足で管理が行き届かないため、閉鎖《へいさ》されている区域なのだ。

「ちょっと探し物をしているんだ。この家を出るずっと前になくした物なんだけど、諦《あきら》められなくて、暇《ひま》を見つけては探しに来ていてね。絶対にこの屋敷のどこかにあるはずなんだけど」

探したい部屋がいくつかあるのだが、廊下《ろうか》ごと閉鎖されていて入れなかったという。

「他《ほか》にも見たい場所があるし、好きなように探したいから鍵だけ貸してくれないか？」

「申し訳ございませんが、スタッドフォード卿の許可なしにお渡しするわけには」

「黙《だま》っていればわからないさ」

ダニエルの声が更に低くなる。薫は、彼の表情に暗い影《かげ》が過《よぎ》ったような気がした。

「俺はもともとこの家の人間だよ？　それに、もし鍵を借りたことがばれたとしてもエドガーは怒《おこ》らないさ。きみはここに来てまだ日が浅いから知らないのかもしれないが、エドガーと俺はとても仲がいいんだ。俺のすることならどんなことでもエドガーは怒ったりしない」

仲がいい――？

ダニエルの言葉に薫は引っ掛かりを覚えた。

――スタッドフォード卿は、ご家族と折り合いが悪いはずだ。

表沙汰《おもてざた》にはなっていないし誰もはっきりとは口にしないが、エドガーと異母弟の仲の悪さは上流階級の人々の間では密《ひそ》かに知れ渡っている。

エドガーの母親は、彼が幼い頃に亡くなり、その翌年、彼の父は愛人と再婚《さいこん》したという。その女性には既《すで》にエドガーの父との間に子供がいて、エドガーには新しい母と半分血の繋《つな》がった弟という家族ができた。けれど彼らは上手《うま》くいかなかったのだ。

同じ屋敷で暮らし始めた当初から激しく対立し、今でもエドガーと、義母と異母弟の確執《かくしつ》は根深いと言われている。アーリントン侯爵《こうしゃく》もナイジェルもその噂《うわさ》を否定しなかったから、おそらく真実なのだろう。

それなら、ダニエルの言うことは嘘《うそ》なのだろうか？

――でも、知られていないだけで、実は兄弟間では和解が成立している可能性もあるし。

いずれにしろ自分ひとりで判断するのは危険だ。この件について、薫はひとまず考えるのをやめた。

「ダニエル卿。伯爵家の家族間の問題と鍵を渡すかどうかは別の話だ。たとえどれほど親しい間柄《あいだがら》であっても、許可なしに渡してはならないものが当屋敷にはいくつかございます。鍵もそのひとつなのです」

「駄目《だめ》なのか？　どうしても？」

「どうしても、ということでしたら、スタッドフォード卿の許可を頂くのが一番かと」

やんわり断ると、ダニエルの口元が奇妙《きみよう》に歪《ゆが》み、茶色の瞳がすうっと濁《にご》った。

「……融通《ゆうずう》が利《き》かないなぁ」

呟《つぶや》いたダニエルがどこか病的な明るさで笑い――、突然《とつぜん》、物凄《ものすご》い力で摑《つか》みかかってきた。

「ダニエル卿!?」

なにをなさいます、と薫は声をあげたが、ダニエルは鍵、鍵と口の中で呟くばかりで答えない。なんだか様子が変だ。焦《あせ》った薫はスーツの上着を乱暴に開《はだ》けられ、内ポケットに手を入れられそうになって、思わずダニエルの腕《うで》を振り払《はら》った。

「あっ……!?」

そのとき、弾《はず》みでダニエルの腕が薫の顔に当たり、眼鏡《めがね》が弾《はじ》き飛ばされた。

「……っ」

「え？　なんだ、おまえ――」

ダニエルが動きを止め、ぽかんとしてこちらを見た。その目が見る見るうちに見開かれる。強い視線を注がれて、薫はとっさに顔を背《そむ》けた。急いで眼鏡を拾おうとしたら、それを逃《に》げると取ったのか、引きとめようとしたダニエルが足を踏《ふ》み出してくる。その革靴《かわぐつ》の先が当たり、蹴られた眼鏡は磨き込まれた廊下を滑っていってしまった。

「眼鏡が……」

「ああ、ごめん。けど、ちょっと待てよ。なんで顔を隠《かく》すんだ？」

こちらが地なのか、ダニエルの口調が崩《くず》れていた。仕草も粗《そ》野《や》になり、薫の顎《あご》を無遠慮《ぶえんりょ》に摑んで強引《ごういん》に自分のほうへ向ける。

「……っ、放してください」

「へえ、驚いたな」

薫の眼鏡を蹴り飛ばしたことも忘れ、ダニエルは口笛でも吹《ふ》きたそうな顔をした。

「ストイックな美人だけど、人形みたいで面白《おもしろ》みがないと思ったのに。眼鏡がないと全然印象が違《ちが》うんだな。美人は美人だけど、まるで別人だ。……凄《すご》く、色っぽい」

彫《ほ》り込んだように大きな瞳。左目の下の泣きぼくろ。甘いラインを描《えが》く頬《ほお》に、ふっくらとした艶《つや》のある唇《くちびる》……。欲の滲《にじ》んだダニエルの目が舐《な》めるように薫の顔を辿《たど》ってゆき、滑《なめ》らかな首筋を伝い降りて正した襟元《えりもと》を覗《のぞ》き込む。薫は恥辱《ちじょく》に唇を噛《か》み締《し》め、ダニエルの指を払いのけた。

――これだから素顔《すがお》を晒《さら》すのは嫌《いや》なんだ。

眼鏡ひとつで自分の印象ががらりと変わることや、素顔のときは同性の欲望を刺激《しげき》しやすいことを薫は自覚していた。

『もの欲しそうっていうのとは違うな。なんていうか……誘《さそ》い込まれるような雰囲気《ふんいき》があるんだよ。綺麗《きれい》な花や蝶《ちょう》の翅《はね》をむしりたくなる衝動《しょうどう》と似ているかもしれない。薫を見ていると、乱して壊《こわ》してみたくなるんだ。自分ではわからないだろうけどね』

濡《ぬ》れたように潤《うる》んだ瞳としっとりとした長い睫毛《まつげ》、そして泣きぼくろが、そんな雰囲気に必要以上の艶を与《あた》えてしまっているのだと、かつて好きだった人に指摘《してき》されたことがある。

そのときはよくわからなかったけれど、その人と別れた後、薫はその言葉の意味を身をもって知ることになった。

無防備だった学生時代は、ぼんやりしていてふと目が合うと誘っていると誤解され、同性の友達や先輩《せんぱい》にキスされそうになったり、襲《おそ》われかけたことは一度や二度ではなかった。見知らぬ男に一夜限りの関係を誘われたことは、それこそうんざりするほどあったのだ。

やけになって多くの男に身を任せた時期もあったけれど、それは気晴らしになるどころか、かえって気が滅入《めい》るだけだった。派手に遊んでいるうちに、自分に欲望を抱《いだ》くのは嗜虐性《しぎゃく》や支配欲の強い男が多いとわかってきたからだ。それからは薫は自衛のために眼鏡をかけて問題の目許《めもと》を隠し、自分の印象を変えることで妙《みょう》な気を起こされないように注意するようになった。

英国に来てからは尚更《なおさら》だ。貴族の執事《しつじ》はプライベートでも品位を保たねば主家の恥《はじ》になるから、言動には注意を払っていた。それは伯爵家に仕える現在も同じだ。正直なところエドガーはどうでもいいのだが、ナイジェルや侯爵の顔に泥《どろ》を塗《ぬ》るような真似だけは絶対にしたくない。

それなのに、

「へぇ……肌《はだ》も髪《かみ》も滑らかで、まるで絹みたいだな。それにその神秘的な漆黒《しっこく》の瞳《ひとみ》……見ていると吸い込まれそうだ」

ダニエルが女性を口説《くど》くような台詞《せりふ》を吐《は》き始めたので、薫は強い苛立《いらだ》ちを覚えた。髪や頰に触《ふ》れようとする馴《な》れ馴れしい手を避《さ》けて、距離《きょり》を取る。そんな薫をどう思ったのか、

「わかった。鍵は諦めるよ。その代わり、少しでいいからきみの時間をくれないか？」

ダニエルが妙なことを言い出した。なにがわかったのやらと薫は呆《あき》れ、胸の内で溜《た》め息をついたが、そんなことはおくびにも出さず無表情に答える。

「なにをおっしゃっているのか、わかりかねます」

「おい、きみ」

「勤務中ですので、失礼させていただきます」

これ以上相手にしていられない。会釈《えしゃく》をし、今は眼鏡を拾うのは諦めて薫は踵《きびす》を返した。

「待てよ。だったら仕事が終わればいいんだろ?」

ダニエルが後を追ってくる。そのしつこさにうんざりしたが、考えてみれば彼はエドガーの異母弟で、無視できない相手だ。薫は渋々《しぶしぶ》足を止めた。

「ダニエル卿《きょう》、そういったお誘いは、いつか時間のあるときに」

そう言いはしたが、執事の仕事は激務だ。空き時間などそうはない。それはダニエルにもわかっているはずなので、これで拒絶《きょぜつ》の意思は伝わっただろうと薫は思っていたのだが、

「本当に? 今の言葉、信じてもいいのかな」

——……伝わってない。

薫の台詞を額面通りに受け取ったダニエルに、婉曲《えんきょく》な言い回しは英国紳士《しんし》のお家芸ではなかったのかと疲労感《ひろうかん》に襲われた。

こういう事態を避けるために素顔を隠してきたのに、眼鏡は外され蹴飛《けと》ばされるし、蹴った男には口説かれるし、散々だ。自分をクビにする機会を虎視眈々《こしたんたん》とエドガーが狙《ねら》っているせいで、ただでさえ張り詰《つ》めきっている緊張《きんちょう》の糸が、今にもぷつりと切れそうだった。

——けど、明日は木曜日だ。今日一日頑張《がんば》ったら、明日は休みだ。休めるんだ。無事に明日を迎《むか》えるためには、ダニエルをどうにかしなくてはならない。なんとか気分良く引き下がってもらえないかと思案した薫は、ダニエルの誤解を利用することを思いついた。

男は、一度誘いを断っても次があると思わせておけば、大抵《たいてい》その場は引くものだ。だからダニエルには、今は駄目でも次回があると錯覚《さっかく》させてしまえばいい。

「ダニエル卿……」

ストイックな執事から別のなにかへ、薫は意識を切り替《か》えた。

言質《げんち》をとられるのはまずい。だから名を呼んだ後は無言のまま、潤みを帯びた瞳でじっと見つめてみる。すると、ダニエルがはっと息を飲んだ。

——かかった。

薫はすかさず彼の視線を甘い眼差《まなざ》しで搦《から》めとり、柔《やわ》らかな唇に艶麗《えんれい》な笑《え》みを浮《う》かべてみせる。

「……っ」

ごくり、と大きく喉《のど》を鳴らし、薫を腕に捕《と》らえようとダニエルが本能的に動いた。

それを薫は困ったように目を伏《ふ》せて、しかし素早く下がって避《よ》ける。そして、

「申し訳ありません、ダニエル卿。ですが、どうか今は……」

とまった花の上で緩《ゆる》やかに翅を揺《ゆ》らす蝶のように、薫は長い睫毛を震《ふる》わせてゆっくりとひとつ瞬《まばた》きをした。そして上目遣《うわめづか》いにダニエルを見上げる。

今は困るけれど本当は嫌じゃない――、そんなふうに誤解させるように思わせぶりな流し目を送り、とろりと心を蕩《とろ》かす眼差しで惑《まど》わせる――。

「……わかった」

欲望に濁《にご》った目をして食い入るように薫を凝視《ぎょうし》しながら、やがてダニエルが頷《うなず》いた。

「今が駄目《だめ》なら、時間が空くまで待つよ。きみの休日まで。……約束だ」

狙い通りに勘違《かんちが》いしたダニエルは、芝居《しばい》がかった仕草で薫の手の甲《こう》にキスをする。

背筋に悪寒《おかん》が走ったが、これを振《ふ》り払《はら》えばせっかく騙《だま》したものが無駄《むだ》になる。気持ちの悪さに身体《からだ》が震えそうになるのを歯を食いしばって薫が堪《こら》えたとき、

「なにをしている――!」

雷鳴《らいめい》のような怒声《どせい》が響《ひび》き渡《わた》った。

弾かれたようにダニエルの手を振り払い、薫は背後を振り返る。そこには青白い怒気《どき》を全身に纏《まと》ったエドガーが立っていた。

――まずい。

薫はすっと血の気が引くのを感じた。

「ここでなにをしている」

硬《かた》い靴音《くつおと》を響かせて、エドガーが近づいてくる。

今度は最初の叱責《しっせき》と違《ちが》い、普段《ふだん》通りの声量だ。しかし無理に押し殺したぶん、その声音《こわね》は彼

の怒《いか》りを際立《きわだ》たせている。

薫は無意識に眼鏡《めがね》に触れようとしたが、指はこめかみに当たった。そういえば眼鏡はあの椅子と飾り棚の狭間なのだ。行き場をなくした左手を胸元《むなもと》で握《にぎ》り締めるとスーツの袖口《そでぐち》がわずかにずれて、腕時計《うでどけい》が視界に映った。それは午後四時十三分を指している。

——なんで今日に限って、こんなに早く帰ってくるんだ。

エドガーは仕事が終わるとパブやクラブへ直行し、帰宅は深夜になることが常だ。今日はどうしたのだろう？　体調が悪い様子ではないから、スケジュールの変更《へんこう》があったのだろうか。だが、そういうときは彼の秘書から連絡《れんらく》が入るはずなのに、そんな報《しら》せはなかった。

——それに、いつからいたんだろう？

心臓が不穏《ふおん》に跳《は》ねている。眼鏡のない今、どの程度誤魔化《ごまか》せているのかわからないけれど、薫はなんとか動揺《どうよう》を無表情の仮面の下に押し隠《かく》した。

「お帰りなさいませ、マイ・ロード。お出迎《でむか》えもせず、大変申し訳ございませんでした。ところで、いつお戻《もど》りに？　なにか緊急《きんきゅう》の用事が……」

「自分の屋敷《やしき》にいつ戻ろうが俺の勝手だ」

黙《だま》れとばかりに薫を遮《さえぎ》ったエドガーは、まっすぐダニエルを睨《にら》んでいる。

「その耳や口は飾《かざ》りか、ダニエル。俺はなにをしているのかと訊《き》いているんだが？」

「な、なんだよ、別に俺は……っ」

「おい。こいつはなにをしに来た」

口の中でもごもごと言い訳をするダニエルから薫へとエドガーが視線を移した。薫はありのままの事実を述べる。

「ダニエル卿は以前なくしたものを探しに来られたそうです。そのために部屋の鍵《かぎ》を――」

「渡したのか」

説明の途中《とちゅう》だったが、エドガーはダニエルの目的を把握《はあく》したようだ。

薫は端的《たんてき》に答えた。

「いいえ」

「それでいい。――ダニエル」

灰色の視線が再びダニエルを射貫《いぬ》くと、彼はじりじりと後退《あとじさ》りを始めた。

「人のいない間にこそこそと泥棒《どろぼう》のような真似をするな。何度も言うが、おまえの探しているものは存在しない。ここにも、スタッドフォードの別宅にも、世界中のどこにも、だ」

「べ、別に俺は、なにも探してなんかいないさ」

エドガーを睨み返そうとして失敗し、彼はふてくされて横を向く。

「新しい執事を見に来ただけだ。こんな屋敷やあんたに用なんかないッ」

癇癪《かんしゃく》を起こした子供のような捨て台詞を残し、ダニエルは身を翻《ひるがえ》して走り去った。ばたばたと慌《あわ》ただしく遠ざかる背中を睨みつけたまま、馬鹿《ばか》が、とエドガーが吐き捨《す》てる。

「あいつの言うことは九割が嘘《うそ》だ。信じるな」

「は、はい」

脱兎《だっと》のごとく逃《に》げ出したダニエルに呆気《あっけ》に取られていた薫は、急にこちらを見たエドガーに我に返って頷いた。

エドガーとは仲がいいというダニエルの話を信じたわけではなかったが、ここまで険悪だとも思わなかったので内心酷《ひど》く驚《おどろ》いていた。

――いったい、ダニエル卿はなにがしたかったんだろう？

探し物をしているのは本当のようだ。鍵を欲しがっていたし、エドガーも彼がなにか探していることを知っていた。

ダニエルは、エドガーが受け継《つ》いだリンゼント社には関《かか》わらず、キングス・ロードで画廊《がろう》を営んでいるはずだ。それなら探し物はやはり絵画だろうか。それとも絵以外の美術品？

しかしエドガーは、ダニエルの探しているものは存在しないと言っていた。エドガーがそう言うのだから、ここには本当にダニエルの探し物はないのだろう。そしてダニエルがなにを探しているのか、エドガーは知っているのだ。

――なら、詮索《せんさく》する必要はないか。

自分にはなにがなんだかわからなくても、エドガーがすべて把握した上で黙っているのなら問題はない。このことは追及しないでおこうと結論付けて、薫は息をついたのだが。

「さて、次はおまえの番だ」

現実はそう甘くなかった。エドガーの鋭《するど》い目が、今度はこちらに向けられる。

そうだった。これまで薫の失敗を今か今かと待ち構えていたエドガーが、今回のミスを見逃《みのが》すはずはなかったのだ。

「はい。なんでしょう、マイ・ロード」

一見、平然とエドガーを見上げながら、薫は密《ひそ》かに身構えた。

「あれの誘《さそ》いに乗るとはどういうことだ」

「は？　誘い……？」

主《あるじ》のスケジュール確認《かくにん》を怠《おこた》り、出迎えもしなかったことを責められると思っていた薫は、予想からかけ離《はな》れた詰問《きつもん》に頭の中が真っ白になった。

「なんのことでしょうか？」

思わず真顔で首を捻《ひね》ると、エドガーの眉《まゆ》がぴくりと跳ねた。

「誤魔化す気か？　それとも、あの男が誘ったのでなければ、おまえが自分から誘ったのか」

「なっ、わたしは誘ってなど――」

「なるほどな。この顔ならさぞや効果があったことだろう。普段は無粋《ぶすい》な眼鏡で隠していたくらいだ、その妙《みょう》にそそる顔の使い方はよくわかっているようだな？」

「……っ！」

酷《ひど》い侮辱《ぶじょく》に薫は両手をきつく握った。

「確かに先ほど、ダニエル卿《きょう》にはお誘いいただきました。ですがお断りしましたし、今後また同じようなことがあってもお受けするつもりはありません」

薫は毅然《きぜん》と顎《あご》をあげた。

「わたしから誘ったなどと思われるのは、心外です」

だが、薫の言葉は信じてもらえず、エドガーは疑わしげに眉をひそめたままだ。

「あんな表情を晒《さら》した後でそんなことを言っても説得力がないな。おまえ、男が好きなのか？」

意図的にダニエルに勘違いをさせたところをエドガーに見られていたのは疑いようもない。しかし、いったいどこから見ていたのだろう。最初からならまだしも、自分がダニエルを見つめたところからだとしたら最悪だ。誤解されても仕方がないが、

――けど、男が好きかどうかなんて。

いくら雇用主《こよう》でも、そんな私的な部分にまで立ち入る権利はないはずだ。無神経な質問に薫はむっとし、

「なんのことでしょう？」

エドガーを相手に堂々としらばっくれた。回避《かいひ》できるトラブルなら多少強引《ごういん》にでも回避したい。男が好きだの誘うだのと妙な噂《うわさ》を立てられたり、それを理由にクビにされて、侯爵家《こうしゃく》に顔

向けできなくなるような事態だけはなにがあっても避《さ》けたいのだ。

確かにダニエルには誘われたが、薫に乗った覚えはない。先ほどダニエルに思わせぶりな視線を送ったのは、事を荒立《あらだ》てず穏便《おんびん》に済ませたかったからだ。エドガーとダニエルの関係がいいのか悪いのか判断がつかなかったし、やんわりとした拒絶《きょぜつ》の意思表示を理解してもらえなかったから、はっきり断って怒《おこ》らせたり、それが原因で彼とエドガーとの関係が悪くなったりしないように素早《すばや》く処理してしまいたかった。

もっとも、そのことだけに気を取られ、そして押し寄《よ》せる疲労感《ひろうかん》に負けてつい選んだ方法は最善とは言えなかったと薫も自覚はしていた。騙《だま》すような真似をした自分は確かに悪い。だが、そうする前にきちんと断ったのに、気づかずしつこくするほうも悪い。

——それを見て、こんな馬鹿馬鹿《ばかばか》しい質問をするこの人だって最悪じゃないか。

伯爵家《はくしゃくけ》に来てからずっと張り詰《つ》めていたものが、もしかしたらこのとき既《すで》に切れていたのかもしれない。

これまでなにを言われても、エドガーの前では礼儀正《れいぎただ》しく目を伏《ふ》せて感情を抑《おさ》えていたのに、今や薫は真正面から灰色の瞳《ひとみ》を睨んでいた。

「へぇ？　そういう表情もできるんじゃないか」

ひょいと器用に片眉を上げて、エドガーがにやりと口角を上げた。だが、目は笑っていない。彼の双眸《そうぼう》はまるで鍛《きた》え上げた鋼《はがね》のように、強靭《きょうじん》な意志を瞬《また》かせている。

「だが、どうせならダニエルを籠絡《ろうらく》したあれを、もう一度して見せろ」

「なんのことか、わかりかねます」

「しらばっくれるな。あの顔だ」

「そう言われましても、自分の顔は自分では見えないのでわかりません」

しらを切って、薫は横を向いた。感情をあらわにするとエドガーを楽しませるだけだとわかったので、無表情の仮面を装着する。

「逆らうか。いい度胸だ」

言うなり、エドガーが薫の顎を摑《つか》んできた。

「……っ!?」

「これまでの仮面は確かに見事な出来だった。だが、俺は隠《かく》し事をされるのは我慢《がまん》がならない性質《たち》でね。ダニエルごときが知っているものを、俺が知らないというのも許せない。俺には見せないと言うのなら――」

顎を捕《と》らえた指に力を込めて、小さな顔を仰《あお》のかせ、

「その取り澄《す》ました仮面を引き剝《は》がしてやる」

エドガーが嚙《か》み付くように薫の唇《くちびる》を塞《ふさ》いだ。

「……!?」

突然《とつぜん》の乱暴なキスに、薫は目を見開いた。

視界一杯《いっぱい》に広がった灰色の双眸が、獰猛《どうもう》に細められている。それを目《ま》の当たりにし、薫の身体《からだ》が竦《すく》んだ瞬間《しゅんかん》、顎に力を込められて口を無理やり開かされた。

「……っ、んぅ……っ」

エドガーの舌が押し入ってくる。そのあまりの強引さにびくりと肩《かた》が竦み、薫はぎゅっと目を閉じた。

――や、だ……っ、なんで……!?

なぜこんなことをされるのかわからない。薫はエドガーを突《つ》き離そうとしたけれど、身体は既にきつく拘束《こうそく》されていた。

振《ふ》り解《ほど》いて逃《に》げようにも、西欧人《せいおう》のエドガーと日本人の薫では体格差や力の差がありすぎる。覆《おお》い被《かぶ》さるように抱《だ》き締《し》められては逃げることなど不可能だ。それでも必死に抗《あらが》う薫を嘲笑《あざわら》うかのように、キスは激しさを増していった。

「…く…ふ、っ、んんっ……」

口腔《こうこう》を散々に荒《あ》らされ、逃げていた舌を捕らえられた。きつく絡《から》みつかれて痛いほど吸われ、身体から力が抜《ぬ》けていく。痺《しび》れた舌を無理やりに引き出され、むしゃぶりつかれてエドガーの熱い唇で淫《みだ》らに扱《しご》かれると、ぞくりと甘い戦慄《せんりつ》が走った。濃厚《のうこう》な口づけは酷く巧《たく》みで、薫はいつしか頭の芯《しん》までぼうっとし、なにも考えられなくなってしまう。

「――なるほど。あの馬鹿《ばか》が簡単に惑《まど》わされたわけだ」

ふと離れ、そう呟《つぶや》いた唇が、ちゅ、と音を立てて薫のそれを啄《つい》ばんだ。

「ダニエルに見せた顔よりも、今のほうが数段上の艶《なま》めかしさだな。……甘い鱗粉《りんぷん》を振り撒《ま》いて男を誘う蝶《ちょう》といったところか」

エドガーがなにか言っていたけれど、薫にはよくわからない。

薄《うす》く開いた目に、酷《ひど》いキスを仕掛《しか》けてきた唇に満足そうな笑《え》みを刻む様子が映った。けれど、そんなふうに笑ってみせながら、エドガーの双眸には欲望などかけらも浮《う》かんではいない。彼は氷のように冷静に、唇だけでなく心や神経も乱された薫の様子を観察していたのだ。

その眼差《まなざ》しに、薫は冷水を浴びせられたように正気づいた。

「な、なにをするんです……っ」

思い切りエドガーを突き飛ばし、キスの余韻《よいん》に潤《うる》んだ瞳で睨《にら》みつけた。執事《しつじ》としてはここは耐《た》えるべきところなのかもしれない。だが、めちゃくちゃに乱され箍《たが》の外れた感情はもはや制《せい》御《ぎょ》できず、薫は込み上げてくる怒《いか》りと屈辱《くつじょく》感にきりきりと目を吊《まなじり》り《つ》上げる。

「騒《さわ》ぐな、もういい。用は済んだ」

しかし、理不尽《りふじん》なことを強《し》いた男は悠然《ゆうぜん》とネクタイを緩《ゆる》め、薫の怒りに構うどころか、脱《ぬ》いだスーツの上着をばさりと頭から被せてきた。

「済んだって、そんな勝手な――って、ちょ、なに、なんなんですか!?」

「なにって上着だ。俺はしばらく書斎《しょさい》にこもるから、近づくな。それから――、ああ、そうだ。

おまえ、明日は休みだったな」

「──え？　あ、はい。明日は木曜日なので」

これは職業病の一種だろうかと、薫は自分の言動を忌《い》ま忌《い》ましく思った。投げつけてやりたい罵詈《ばり》雑言《ぞうごん》は百や二百ではきかないのに、上着を放られれば受け取ってしまうし、質問されれば答えてしまう。

既にキスのことなど忘れたようなエドガーの様子に、坊主《ぼうず》憎《にく》けりゃのことわざ通り、手にしたスーツまで憎らしく思っていると、エドガーが事も無げに言った。

「休みはなしだ」

「は？」

──休みはなし？

思いがけない宣告に薫は目を瞬《しばたた》く。が、用は済んだとばかりにエドガーがさっさと歩き出したので、薫は眼鏡《めがね》を拾い上げると慌《あわ》ててその後を追った。

「お待ちください、マイ・ロード。理由をお聞かせください。でなければ」

「納得できないか？　言ったところで納得できるとは思えないが、一応理由らしきものはある」

「それは？」

「予定が入ったからだ。より正確に言うなら、たった今、予定を入れることにしたから、だな」

伯爵家と古い馴染《なじ》みの宝石商クレメンスが、新作のジュエリーを発表するのだという。

「そのレセプションに招待されているんだ。面倒《めんどう》だから欠席するつもりだったが、気が変わった。出席するからおまえも来い」

その返答に、薫は思わず拳《こぶし》を震《ふる》わせた。

——たった今、予定を入れた？　出席するからおまえも来い？　明日は休日なのに？

これは嫌《いや》がらせだ。そうでなければ八つ当たりに違《ちが》いない。

おそらくエドガーは、ダニエルが自分のいない間に屋敷《やしき》に入り込んだことをまだ憤《いきどお》っているのだろう。薫に嫌味《いやみ》と皮肉を浴びせ、ダニエルへの怒りと対抗《たいこう》意識からめちゃくちゃなキスを仕掛けても、まだ気が収まらないのに違いない。しかし肝心《かんじん》のダニエルが逃げてしまったから、薫に怒りをぶつけているのだ。

——あんなに待ち望んでいた休みを、そんなことで潰《つぶ》されるなんて。

どこまで意地悪なんだろうと、薫は上着をぎゅうぎゅう摑んでエドガーを睨みつける。

「気まぐれなことですね。一時間後にはまた気が変わって、行くのは止めるとおっしゃるのでは？」

「残念ながら、それはない」

「なぜですか」

「さあな。単におまえに暇《ひま》な時間を与《あた》えるのが嫌なのかもしれない。ろくなことがなさそうだからな」

「ろくなこと？　どういう意味です」

薫は眉《まゆ》をひそめたが、

「自分の言ったことをもう忘れたのか。おまえは時間があるときなら、あれの誘《さそ》いに乗るつもりがあるんだろう？」

その言葉に、動揺《どうよう》が走った。

「そんな、誤解です。あれはお断りするつもりで――」

「もういい、黙《だま》れ。俺は馬鹿は嫌《きら》いだ。同じことを何度も言わせるな」

肩越《かたご》しに振り返った灰色の瞳《ひとみ》が有無《うむ》を言わせぬ光を放つ。

「明日の休みはなしだ。通常業務の後、その眼鏡はかけずに俺に付き合え。誘ったのか誘われたのかは知らないが、あれのために時間を割《さ》くことは許さない」

「……っ」

凄《すさ》まじい眼光に圧倒《あっとう》され、けれどそれを悟《さと》られるのは悔《くや》しくて、薫は呼吸を整えると「お言葉ですが、」と反駁《はんばく》した。

「ダニエル卿《きょう》のために時間を割く気は最初からありません。それから明日のことですが、お供したとしても眼鏡なしでは、わたしはお役には立てないでしょう」

「そんなもの、どうせ伊達《だて》だろう。調査の結果、視力矯正《きょうせい》の必要はないようだったが？」

ぎくりと薫は肩を揺《ゆ》らした。エドガーの指摘《してき》通り、実は視力はとてもいいのだ。だが、問題はそこではない。

「調査!? 調べたのですか、わたしのことを？」

「当然だ。侯爵《こうしゃく》がおまえの身元を保証したからといって、それを鵜呑《うの》みにできるほどおめでたくはないんでな」

「調べた、って――なにを、どこまで……？」

動揺に声が震えるのを、薫は抑《おさ》え切れない。

「大したことじゃない。健康診断《けんこうしんだん》の結果と生《お》い立ちくらいなものだ。問題ないだろう」

そんなことより、とエドガーが窓を開けて外の様子を一瞥《いちべつ》すると、いきなり薫から眼鏡を取り上げ、窓の外へと放り投げた。

「あっ、なにを……!?」

薫は慌てて窓辺に取りすがったが、遅《おそ》かった。薫の目の前で、ちょうど通りかかった庭師の車に眼鏡はぐしゃりと踏《ふ》み潰されてしまったのだ。

「そんな、わたしの眼鏡が……っ」

「眼鏡は今後、使用禁止だ」

「なぜです!?」

薫はカッとなって彼を振り仰《あお》いだ。

「あれはわたしの持ち物です。いくら雇用主《こよう》でもこんな理不尽なことが許されるはずありません。どうしてこんなことをなさるんです！」

「おまえのその生意気な目つきは気に入らないが、あの仮面顔よりはマシだからだ」

エドガーは罪悪感などかけらも見せず、睨みつける薫に薄く笑って嘯《うそぶ》いた。

「幸い素顔は好みだし、傍に置くにも連れ歩くにも美人のほうが俺の気分がいいからな。まぁ、どうしても嫌なら無理強いはしないさ、眼鏡の件も明日の予定も。だが、その場合――」

言葉を切ったエドガーが、自分の喉元《のどもと》に親指を立てて一直線に横に引く。

「……ッ」

薫はぎりぎりと奥歯を噛《か》んだ。こんな理不尽な主《あるじ》に仕えるくらいなら、いっそクビになったほうがマシだ。

――でも、侯爵家の面目は潰せない……。

そうなれば答えはひとつだ。イエスと言う他《ほか》はなかった。

2

世界に冠《かん》たるラグジュアリー・ブランド、クレメンスのレセプションは、ウェスト・エンドの真中にある名門ホテル・クラリッジで開かれる。

『アンダー・ザ・ローズ』という新コレクションに合わせて薔薇《ばら》で飾《かざ》り付けられた華《はな》やかな会場には、開始時間を目前に、ディナージャケットやイブニングドレスに身を包んだ各界の著名人や上流階級の紳士《しんし》淑女《しゅくじょ》が集《つど》っていた。

「……おい、見ろよ。スタッドフォード伯爵《はくしゃく》だ」

「本当だ。企業《きぎょう》のレセプションに出席するなんて珍《めずら》しいな」

受付を済ませてエドガーと薫が会場に足を踏み入れると、人々の視線が飛んできた。

美術界で一目置かれているエドガーの影響《えいきょう》力は、クレメンス社を始め、美の創造を生業《なりわい》とする者たちにとって無視できないほど強大だ。それを利用しようと狙《ねら》っている企業や芸術家は掃《は》いて捨てるほどおり、エドガーがこうしたレセプションに出席すると『あのスタッドフォード伯爵が認めた』と勝手に宣伝材料に使われることもよくあるようだった。

それを嫌い、こうしたパーティには姿を見せないはずのエドガーが会場に現れれば注目を浴びるのは当然だ。だが、しばらくするとその視線は、エドガーに付き従う薫へも意味深に注がれ始めた。

——わ、わかってたけど、これはちょっと……。

薫は思わず怯《ひる》んだ。

ヨーロッパでは社交はカップル単位だ。社交の場ではパートナーの存在が必須《ひっす》だが、今回エドガーはエスコートすべき女性の代わりに東洋人の男性、つまり薫を連れている。タブロイド紙をなにかと賑《にぎ》わせているエドガーが、付き合う相手の性別を問わないことは周知の事実だ。彼の連れというだけで、新しい恋人《こいびと》なのではないかと疑われるだろうことは薫も覚悟《かくご》していた。とはいえ、視線の集中砲火《ほうか》は予想以上だ。思わず立ち竦《すく》むと、薫はエドガーに呼び寄せられた。

「なにをしているんだ。突《つ》っ立ってないで、さっさと来い」

慣れているのだろう、人々の視線など彼は気にも留《と》めていない。その様子に不本意ながら励《はげ》まされ、薫はエドガーの後に続いた。

「面倒《めんどう》なことは先に済ませるぞ。クレメンスのCEOと重役の顔は？」

「わかります。……あ、あちらにウィルクス会長がいらっしゃるようです」

薫は会場の奥に、招待客と挨拶《あいさつ》を交《か》わしている上品な紳士《しんし》の姿を見つけた。昨夜、レセプションで顔を合わせるだろうクレメンス社の人々のデータを集め、必死に覚えておいたのだ。

エドガーはクレメンス社の上層部の人々と次々に挨拶を交わし、そつなく社交の義務をこなしていく。薫はエドガーに付き従って、その背後にひっそりと控《ひか》えていた。

「今夜はまた随分《ずいぶん》と分厚い仮面を張りつけたものだな、薫。眼鏡《めがね》がなくなったせいか？」

挨拶が一段落すると、通りかかったボーイの盆《ぼん》からシャンパンを取ったエドガーが意地の悪い眼差《まなざ》しを向けてきた。

「もっとも、失敗しているがな。力が入りすぎて、仮面の向こうに生身の顔が透《す》けているぞ」

「……」

ぴくりと瞼《まぶた》が震《ふる》えたが、薫は目を伏《ふ》せたまま沈黙《ちんもく》を守ってやり過ごす。

昨夜、怒《いか》りや悔しさや様々なものが入り乱れ、眠《ねむ》ることもできないほど薫の胸をかき乱した感情の嵐《あらし》は、夜が明ける頃《ころ》にようやく静まり、ゆっくりと凍《こお》りついた。それは今、目に見えない壁《かべ》となって薫の周囲に張り巡《めぐ》らされ、エドガーの皮肉や揶揄《やゆ》をなんとか撥《は》ね返せる程度には役立っている。けれどそれは、これまで盾《たて》としていたレンズに比べるとはるかに薄《うす》く、脆《もろ》い。

「伯爵と一緒《いっしょ》にいるのは誰？　彼の新しい恋人かしら？」

「あの深い漆黒《しっこく》の瞳は、ちょっと凄《すご》いね。近くで見たら吸い込まれるような気分になりそうだ」

人々の視線と囁《ささや》きを交わす声が薫の許《もと》まで届いてくる。

「初めて見る顔だわ。今度の恋人は男性なのね。なんだか素敵《すてき》。ミステリアスな美人ね」

「東洋人は神秘的だな。立ち居振る舞《いふま》いは控えめだが、妙《みょう》に目を引くし官能的だ」

「伯爵の連れだと思うと色んな想像を掻《か》き立てられるな。取り澄《す》ましている分、余計にね」

あからさまな揶揄を含《ふく》んだ囁きが波のように寄せてきて、薫は恥辱《ちじょく》に唇《くちびる》を嚙んだ。

——眼鏡が欲しい。

素顔を晒《さら》した横顔に、人々の、特に男たちのねっとりとした視線を感じた。気を抜《ぬ》くと頬《ほお》が不自然に強張《こわば》ってしまいそうだ。たとえ薄いレンズ一枚でも世界と自分とを確実に隔《へだ》ててくれたなら、こんな苦痛を感じることはなかったのに。

薫は、自分が男の性的な興味を引く容姿と雰囲気《ふんいき》を持っていることを自覚していた。眼差しや目の動き、左目の下の泣きぼくろが艶《なま》めかしさを強く印象づけてしまうことも。

今も自分が性的にだらしのない人間に見られているのだろうと、薫は憂鬱《ゆううつ》に考える。

それが嫌《いや》で素顔を隠《かく》していたのだが、眼鏡が必要な理由はそれだけではなかった。そんな目で自分を見る世間との間に線を引き、一定の距離《きょり》を置くためにもそれは必要だったのだ。

「……気が強いのか弱いのか、どっちなんだ。面倒な奴《やつ》だな」

急にエドガーが立ち止まり、はっとして薫は目を上げた。周囲の視線に気を取られ、彼の広い背中に半ば隠れるようにしていた薫はエドガーの呟《つぶや》きを不覚にも聞き逃《のが》してしまったのだ。

「マイ・ロード、今……」

「人込みが不快だ、鬱陶《うっとう》しい。少し休むからついて来い」

急にエドガーが顔を顰《しか》め、足早に人込みを抜けていく。彼は壁際《かべぎわ》に置かれたつる薔薇を絡《から》めた背の高いオブジェの下へ行き、その陰《かげ》になっている壁に背を凭《もた》せ掛《か》けた。

「来い」

 顎をしゃくって隣を示され、薫も並んで壁際に立つ。と、自分で呼び寄せておきながらなにが気に入らなかったのか、エドガーが舌打ちをし、こちらに背を向けるように身体ごと横を向いてしまった。

壁とオブジェ、エドガーの背中で薫の視界の三方向が遮《さえぎ》られた。薫には会場の様子がほとんど見えなくなったが、それは会場からも薫の姿がほとんど見えないということだ。

薫は知らず詰《つ》めていた息をゆっくりと吐《は》き出した。不完全とはいえ、なんだか隠れ家《が》の中にいるような気分になって、安堵《あんど》が胸に広がっていく。

――まさかとは思うけど……もしかして、気づいたのかな。

下世話な好奇《こうき》心を剝《む》き出しにした人々の視線に薫の神経が磨《す》り減《へ》っていたことに、エドガーは気がついたのだろうか。それで、ここで休ませてくれた――？

肩越《かたご》しにかすかに見える横顔を、戸惑《とまど》いながら薫は見上げた。薫の視線を感じていないはずはないのに、エドガーはなにも言わず、振《ふ》り向きもしない。どうしたものかと悩《なや》んでいると、ふいに聞こえてきた懐《なつ》かしい声に思考を断ち切られた。

「薫？　薫じゃないか」

薫は弾《はじ》かれたように声のした方へ顔を向けた。

「ナイジェルさ……、いえ、シェルフィールズ卿《きょう》」

満面の笑みで名前を呼びかけてしまい、薫は改めて名目爵位《しゃくい》で呼び直した。自分は今、スタッドフォード伯爵家の執事《しつじ》としてこの場にいるのだ。

「会えて嬉《うれ》しいよ。エドガーも。電話では顔が見えないから、きみたちがどうしているか心配だったんだ。見たところ上手《うま》くいっているようで安心したけど、薫？　眼鏡はどうしたんだ？」

思わず薫はエドガーの方をチラと見た。本当のことなんて、まさか言えない。

「それが、その……不注意で、壊《こわ》してしまって。そのまま使用禁止にされました」

「壊した？　薫が？」

ナイジェルが不審《ふしん》そうに眉根《まゆね》を寄せたので、薫は急いで笑顔を作った。この話題はさっさと流したほうが良さそうだ。

「今はまだ、眼鏡がないと不安ですが。そのうちに、なんとかなると思います」

「そうか。いい機会だと思って慣れることだよ」

眼鏡がないことで薫がどれほどストレスを感じるか、ナイジェルは知っている。励ますように肩《かた》を叩《たた》いた彼の手に薫はひどく慰《なぐさ》められて、作り笑顔が本物の微笑《ほほえ》みに変わっていった。

そこへ苛立《いらだ》った声音《こわね》が割り込んできた。

「――随分と色んな顔を隠し持っているようだな、おまえは」

「え…、あっ!?」

顎を摑《つか》まれて振り向かされると、灰色の瞳《ひとみ》が迫《せま》ってきた。乱暴なことをするなとナイジェルが咎《とが》めたが、エドガーは構うことなく痛みに顔を顰めた薫を上向かせる。

「いつもの仮面はどこへいったんだ。急に安心したような顔をして、その不安定なところはどうにかならないのか」

「不安定——？」

初めて会ったときもエドガーは似たようなことを言っていた。仮面はともかく、それがどういう意味なのか、薫にはさっぱりわからない。

ただ、ひとつだけ気づいたことがある。今のエドガーの不愉快《ふゆかい》そうな顔つきは、昨日ダニエルが逃《に》げ帰った後「あの顔を見せろ」と迫ってきた、あのときのそれとそっくりだ。

「厄介《やっかい》な奴だな。摑めそうで摑めない。……こういうのは苛々《いらいら》する」

「苛々って、そんなことより放してください。公《おおやけ》の場ですよ」

人目を気にした薫にエドガーは「またそれに戻《もど》ったわけか」と舌打ちし、まるで気に入らない玩具《おもちゃ》を放りだす子供のように薫を突き放《はな》した。

「その仮面顔はいい加減、見飽《みあ》きた。他《ほか》のにしろ」

「生憎《あいにく》、この顔以外に持ち合わせはございません」

平静を装って答えたものの、理不尽《りふじん》な扱《あつか》いに薫は内心で憤《いきどお》る。

——なんなんだ、いったい。

強く摑まれた顎がじんじんするし、昨日からの仕打ちを考えれば怒りたいのはこちらのほうだ。それなのに、なぜ自分が睨《にら》まれなければならないのだろう。

そもそも仮面だの無表情だのと責めるように言うけれど、執事が感情を抑制《よくせい》していていったいなにが悪いのか。日本のホテルにいた頃は笑顔の重要性を常に意識していたけれど、ここは英国だ。屋敷勤《やしきづと》めの使用人が無表情なのは当たり前のことである。

──笑えば笑ったで、きっと文句を言うくせに。

エドガーが執事としての自分になにを求めているのか、薫にはまったくわからなかった。だから彼に対する怒りの根底には、常に困惑《こんわく》が揺《ゆ》れている。

主《あるじ》の意図を摑めないようでは執事としては失格で、薫はそれが歯がゆくも悔《くや》しいのだ。けれどエドガーはほとんど屋敷《やしき》にいないし、嫌がらせのように山と与《あた》えられた指示や命令は大抵《たいてい》メモや電話越《ご》しである。つまり、真意を摑めるほどエドガーのことを知る機会など、薫には与えられていないのだ。

──変な言いがかりをつけてくるのは、単に俺を追い出したいから？

だが、それならなぜ彼は昨日、薫のミスを指摘《してき》しなかったのだろうか。今だって、なぜこんなふうに人目につかない壁際に薫を連れてきたのだろう？

──そういえば、あのときも……。

レセプションのテーマや室内装飾《そうしょく》に触発《しょくはつ》されたのか、ふと薫の脳裏《のうり》を一枚の絵皿が過《よぎ》った。

白薔薇《しろばら》の茂《しげ》みの下、暖かな陽射しに照らされて花びらを風にそよがせている匂菫《においすみれ》が描《えが》かれたそれは、伯爵家《はくしゃくけ》に伝わる美術品についての知識をエドガーに問われたとき、リンゼントの磁器だということ以外にはなにも答えられなかった唯一《ゆいいつ》の品だ。

素朴《そぼく》な絵柄《えがら》でありながら、リンゼントの製品らしく高貴な美しさを誇《ほこ》るその絵皿は、しかし飛びぬけて優《すぐ》れた作品のようにも歴史的な価値があるようにも思えなかった。ただ、見ているだけで胸が締《し》め付けられるような、強烈《きょうれつ》に心に訴《うった》えかけてくるものがあった。その絵皿には、ありったけの愛情をかき集め、絵にしたそれが色褪《いろあ》せることのないようにと必死の思いで焼き付けたかのような切実さがあり、エドガーに対する疑問と共に薫の中に強い印象を残している。リンゼントの製品では見たことのないパターンだったし、伯爵家当主の寝室《しんしつ》に飾《かざ》られているということは、なにか特別な思い入れか、曰《いわ》くのある品なのだろう。

その「曰く」を薫は答えられなかったのに、なぜかエドガーは「知るはずはないか」と皮肉な笑みを見せただけで咎めなかった。些細《ささい》なことだが、あれも失態のうちのひとつのはずだ。それなのに、なぜ彼はあのとき自分をクビにしなかったのだろう。

——この人は、なにを考えているんだろう？

なにを望んでいるのだろうか。

プライベートでは他人に興味も関心もない薫だが、執事としては主人の気持ちを少しでも知りたかった。近づいて、理解したい。彼の望みを摑みたい。そうすればもっと完璧《かんぺき》な仕事ができるのに。

睨み合ったまま、薫は無意識に灰色の瞳の奥を探《さぐ》った。

執事が主に向けるにしては不躾《ぶしつけ》なほどまっすぐな視線に、エドガーが数ミリ片眉を上げる。

睨み合いがいつの間にか互《たが》いの真意をガードしたままの探り合いへと変わってゆき、そんな二人の様子を傍《かたわ》らで見ていたナイジェルがくすりと小さく笑った。

「うん。これはなかなかいい傾向《けいこう》だ」

「なにがだ」

「なにがですか」

異口同音に問いを重ね、エドガーと薫は同時にナイジェルの方を見る。

ナイジェルはそれにも笑うばかりで、なにも答えてくれなかった。


レセプション・パーティが始まり、主催《しゅさい》の挨拶《あいさつ》や来賓《らいひん》のスピーチ、ショーアップされた新コレクションのお披露目《ひろめ》などが一通り終わると、薫は壁際《かべぎわ》に控《ひか》え、さり気なくエドガーを目で追っていた。

華《はな》やかな雰囲気《ふんいき》の中で人々は料理や歓談《かんだん》を楽しんでおり、エドガーも今はその中だ。彼は今夜、このホテルに宿泊《しゅくはく》することになっている。好みの美人を見つけたら会場を抜《ぬ》け出すから部屋を取っておけなどと、恥《は》ずかしげもなく命じてきたのは昨夜のことだ。その言葉を現実のものにするために、エドガーは数人の女性に囲まれながら、少し離《はな》れた場所にいるブロンドの美人女優と意味深な視線を交《か》わしていた。

——相手が決まったなら、早く抜け出してくれないかな。

気を抜くと壁《かべ》に寄りかかりそうになる身体《からだ》を叱咤《しった》して、薫はあくびを嚙《か》み殺す。萎《な》えそうな膝《ひざ》を立たせておくのも背筋をぴしりと伸《の》ばし続けるのも、そろそろ限界に近いのだ。

「もういい。おまえの仕事は終わりだ。帰るなり遊んでいくなり好きにしろ」

メインイベントが終わると同時に、薫はエドガーからそう言われた。けれど伯爵家の執事《しつじ》としてここに来た以上、お役御免《やくごめん》になったからといって、すぐさま主を放り出して帰宅したり遊び惚《ほう》けるわけにはいかないのだ。エドガーが今夜の遊び相手に目配せを送る間にも、様々な業界の関係者が彼の影響力《えいきょうりょく》を目当てに擦《す》り寄《よ》ってきているので、いつなにがあるとも限らない。

とはいえ、傍に張り付いていたのでは邪魔《じゃま》になるので薫は人目につかない壁際に控え、なにかあった場合には素早《すばや》く対応できるようにエドガーから目を離さずにいたのだが。

「きみ、さっきからずっとひとりでいるね」

「え——？」

寝不足《ねぶそく》が続いて疲労《ひろう》が溜《た》まっているせいだろうか。エドガーに集中するあまり自分の周囲に気を配る余裕《よゆう》のなかった薫は、気づけば数人の男達に囲まれていた。

「スタッドフォード卿《きょう》を放っておいていいのかい？」

「彼が恋人《こいびと》をひとりにするなんて珍《めずら》しいな。喧嘩《けんか》でも？」

一見、紳士《しんし》的な態度だが、好意的と言うには彼らの目つきはあからさま過ぎる。

「いえ、そのようなことは。それに誤解なさっているようですが、わたしはスタッドフォード卿の恋人ではありません」

舐《な》めるような視線に寒気がしたが、薫は儀礼《ぎれい》的な笑みを浮《う》かべて丁寧《ていねい》な対応を心がけた。そうしながらエドガーの姿を見失わないように会場にも目を配る。もっとも、エドガーは群を抜いて目立つので人込みに紛《まぎ》れたくらいで見失うようなことはないのだが。

「でも、一緒《いっしょ》に来ただろう？」

「わたしはスタッドフォード伯爵家の執事を務めさせていただいております。今夜は卿のお供で参りました」

「執事だって？　じゃあ本当に恋人じゃないのか？」

男達が一様に驚《おどろ》きを示し、薫を囲む輪を狭《せば》めてくる。東洋人の薫に比べて彼らの体格は良すぎるほどに良く、こうして目の前に並ばれるとまるで壁のようだ。

エドガーの姿が確認《かくにん》しづらくなったので、薫はさり気なく彼らから距離《きょり》を取った。エドガーになにかあったらいけないし、呼ばれたらすぐに動かなくてはならない。そしてなにより、彼が会場を抜け出したら薫は晴れて帰宅できるのだ。主人の動向チェックは今、薫にとって最重要事項《じこう》だった。

——もう早く帰りたい。帰って寝《ね》たい。

そのためにもさっさと今夜の相手を決めて、一秒でも早く予約したスイートへ向かってくれないだろうか。

そう思ったとき、まるで薫の願いを聞きつけたかのようにエドガーが振《ふ》り返った。目が合い、はっとして薫は頬《ほお》を引き締める。

——なにかあったのか？

エドガーが不快そうにこちらを見たのが気になった。なにか不都合なことがあったのだろうか。薫は急いで彼の許《もと》へ行こうとしたが、なぜか彼は咎《とが》めるようにこちらを睨《にら》み、すぐに顔を背《そむ》けてしまった。最後に手を払《はら》う仕草をしたのは、こっちに来るなという意思表示だ。

「……だから。なにがどうしてそういう態度なんですか、貴方《あなた》は」

もう腹を立てる気力もなく、薫は思わず溜め息をつく。すると、

「疲《つか》れているようだね」

そんな台詞《せりふ》と共に視界をディナージャケットに遮《さえぎ》られた。同時に金色の繊細《せんさい》な泡《あわ》の立ち上るグラスが目の前に現れて、薫は瞬《まばた》きをする。

「スタッドフォード卿に仕《つか》えているのなら、さぞや気苦労が多いだろう？　気難しいことで有名だし、仕事に限らず色々と話題になる人物だし。……きみは、とても美しいし？」

「い、いえ。そんなことは」

とっさに愛想笑《あいそ》いを浮かべた薫は、エドガーに気を取られるあまり自分を取り巻く状況《じょうきょう》をすっかり忘れていた。いきなり口説き始めた男の台詞の後半は聞かなかったことにして、差し出されたシャンパングラスの前にそっと右手を立てる。

「せっかくですが、勤務中なのでご遠慮《えんりょ》させていただきます」

「ああ、シャンパンは嫌《きら》い？」

ならこれを、と別の男が通りがかりのボーイからカクテルを受け取ったので薫は内心慌《あわ》てた。

「いえ、そういうことではなく。申し訳ありません、アルコールは苦手なのです」

「それは好都合……いや、立場的には不都合だろう？　嗜《たしな》むくらい、できなくてはね。それに多少の息抜《いきぬ》きも必要だ」

「そうさ、そろそろスタッドフォード卿のお守《も》りは終わりにしてもいい頃《ころ》だしな。その役目は、ほら、彼の周囲のご婦人方やあの女優が務めてくれそうだ」

だから少し羽目を外してもいいだろう、としきりに酒を勧《すす》めてくる彼らは、どうしても薫を酔《よ》わせたいようだ。その意図はわかっても原因がわからず薫は内心で首を傾《かし》げていたのだが、彼らの周囲にパートナーの女性がひとりもいないことにふと気づいた。そしてたった今、彼らが見せたエドガーへの怒《いか》りと妬《ねた》みに満ちた眼差《まなざ》しに、その狙《ねら》いが透《す》けて見えていた。

彼らのパートナーは、おそらく今エドガーを取り巻いている女性達だ。エドガーにパートナーを奪《うば》われたことを腹立たしく思い、彼らはそれを自分を嬲《なぶ》ることで晴らすつもりなのだ。

——あの人の執事っていうだけで、なんでこんな厄介事《やっかいごと》に巻き込まれなきゃならないんだ。

このまま彼らに付き合っていたら、なにをされるかわからない。まるで舌なめずりをする獣《けもの》のような男達の顔つきを見れば、彼らの頭の中で既《すで》に自分がとんでもない状態にされていることは明らかだ。欲望が剝《む》き出しになった男達の目つきに、薫は心底ぞっとした。

今すぐこの場から逃《に》げ出したい。だが、エドガーが何事もなく会場を出るのを確認するまで薫は帰るに帰れない。どうしようかと数秒考え、薫は急にポケットの携帯電話《けいたいでんわ》が鳴ったというような振りをした。

「——あ、申し訳ございません。ちょっと失礼いたします」

彼らの狙いに気づかぬふうを装ったまま、その場からするりと逃《のが》れ出る。肩《かた》や腕《うで》を摑《つか》んで引き止めようとする男達の手を上手《うま》くかわし、薫は囲みを突破《とっぱ》した。このまま人込みに紛れてしまえば逃げられると薫が密《ひそ》かに安堵したとき、いきなり正面に思わぬ伏兵《ふくへい》が現れた。

「やあ、マツユキ」

「ダニエル卿——!?」

薫の行く手を遮るようにダニエルが立ちはだかった。

まさか背後の男達と結託《けったく》しているのではと薫は警戒《けいかい》したが、それは杞憂《きゆう》だったらしい。

「なんだ、きみは。彼をどうするつもりだ」

「俺はスタッドフォード伯爵家《はくしやくけ》の者で、彼に話があるんだ。家の中のことは他人には聞かれたくないのでね、悪いが彼を借りるよ」

ダニエルは薫の肩に手を回し、不服そうな男達をやんわりと遠ざけた。そして人込みを横切り、会場の隅《すみ》に置かれた椅子《いす》まで薫を誘導《ゆうどう》する。

「ダニエル卿、なぜ」

「ここにいるのか？　それは招待されたから。で、きみを助けたのは昨日眼鏡《めがね》を蹴《け》ってしまったお詫《わ》びだよ」

助けてもらった礼を言いながら、しかし薫は当惑《とうわく》した。現在のダニエルの印象が、昨日のそれと重ならないせいだ。

出会った直後のダニエルは人好きのする笑顔が印象的で、穏《おだ》やかそうな人物に見えた。しかし、その後すぐに粗野《そや》な一面が浮き彫《ぼ》りになり、エドガーが現れてからはもっと暗くて荒《すさ》んだなにかが垣間見《かいまみ》えたのだ。薫は、後者のほうが彼の本質に近いのではと考えている。

けれど今目の前にいるダニエルからは、出会った直後と同じ印象を受けた。あの奇妙《きみよう》な歪《ゆが》みを思わせる一面を目にした後では、この好青年ぶりは却《かえ》って不気味だ。

「そんなに警戒しなくても、こんなところではなにもしないさ。俺は貴族階級の出なんだよ？　さっきの成金の奴《やつ》らなんかと一緒にしないで欲しいな」

まるで冗談《じようだん》を言うようにダニエルはその台詞を口にしたが、そこに含《ふく》まれた差別的な響《ひび》きに薫は眉《まゆ》をひそめた。彼の言葉の九割が嘘《うそ》だとエドガーは言ったが、今のはたぶん本音だ。

「あんな礼儀《れいぎ》知《し》らずに絡《から》まれて疲れただろう。一息入れるといい」

はい、と唐突《とうとつ》に手渡《てわた》されて思わず受け取ってしまったそれは、クラッシュドアイスを詰《つ》めたグラスにフルーツを飾《かざ》ったトロピカルドリンクだ。

「心配しなくてもノンアルコールのカクテルだよ。オレンジとレモンとライムのジュースを混ぜたやつ。これなら大丈夫《だいじょうぶ》だろう？」

「え、ええ。ですが……」

薫はここに遊びに来ているわけではないので、そんなものを楽しんでいられる立場ではない。それにエドガーに妙《みょう》な誤解をされている身としては、ダニエルと一緒にいるところを見られたくないというのが本音だ。しかし先ほどの男達を遠ざけてもらった上に、飲み物まで用意してもらっては断るのも気が引ける。

「念のため、炭酸も抜《ぬ》きだ。ときどき苦手な人がいるからね」

駄目押《だめお》しのようにダニエルが言った。ここまで配慮《はいりょ》されては断れない。

――まぁ……少しならいいか。今日の勤務は終了《しゅうりょう》だって、一応雇用《こよう》主が言ったんだし。

ジュース一杯《いっぱい》分くらいの休憩《きゅうけい》なら自分に許してもいいだろう。

「それでは、せっかくですのでいただきます」

人目につかない会場の片隅《かたすみ》で、薫はストローに口をつけた。柑橘《かんきつ》系の爽《さわ》やかなカクテルは冷たくて喉越《のどご》しが良く、一口飲んだら止まらなくなる。自覚はなかったが、実はとても喉《のど》が渇《かわ》いていたのだ。薫はそれを一気に飲み干してしまった。

「はぁ……」

渇きが癒《いや》されてほっと息をつくと、脈絡《みゃくらく》もなくダニエルが問いかけてきた。

「エドガーはきみのこと、なんて呼んでるんだ？」

「え？」

ご馳走様《ちそうさま》でしたと立ち上がる予定だったのに、そのタイミングを逸《いっ》した薫はダニエルを見上げ、くらりと目眩《めまい》に襲《おそ》われた。一息ついたら気が緩《ゆる》んで、疲れが出てきたのかもしれない。

ダニエルはばつの悪そうな顔をしていた。

「いや。マツユキ、というのは俺にはちょっと発音しづらいんだ。エドガーは日常的にきみのことを呼ぶだろうし、そのときはなんて呼ばれてるのかと思ってさ」

そういえば昨日名乗ったとき、ダニエルは口の中でマツキとかマシュリとか呟《つぶや》いていた。それなのに今きちんと発音できているということは、もしかして練習したのだろうか？　それを想像したらおかしくなって、薫は小さく吹《ふ》き出した。

「なんだよ、笑うことはないだろう」

「申し訳ございません。呼びづらいようでしたら、薫と呼んでください。スタッドフォード卿《きょう》も、お屋敷《やしき》に勤めている人たちも皆《みな》、わたしのことは名前で呼びます」

エドガーは「おい」とか「おまえ」で済ませることが多いが、名前を呼ぶときは最初から「薫」だった。ナイジェルがそう呼んでいたから、それでいいと判断したのだろう。呼びづらそうにしていた使用人たちには、薫のほうから名前で構わないと申し出た。

ダニエルがほっとしたように「カオル」と呼びかけてくる。そのぎこちない発音がなんだかおかしくて笑っていると、急に身体《からだ》が熱くなり、なぜだか頭がぼうっとしてきた。

──……？　なんか、変だ。

妙に身体がふわふわした。すぐ傍でダニエルがなにか話しているが、声は聞こえるのに内容が理解できなくなってくる。

──おかしい、な。

身体がだるい。こんなところで眠《ねむ》くなるなんて考えられない事態だが、抗《あらが》いがたい眠気《ねむけ》に襲われて瞼《まぶた》がどんどん重くなる。眠気を追いやろうと頭を振《ふ》っても、目眩と共に意識が霞《かす》んでいくばかりだ。それなら、と椅子から立ち上がってみたが余計に目が回ってしまい、ダニエルに身体を支えられた。

「凄《すご》い効き目だな。一発じゃないか」

「……な、に？」

隣《となり》でなにか話しているダニエルを、薫はとろんとした目で見上げる。距離《きょり》が近いせいか、ダニエルの呟きがすっと耳の中に入ってきた。

「アルコールに弱いってのは本当だったんだ」

逃げ口上《こうじょう》じゃなかったのかと、ダニエルが含み笑いを漏《も》らしている。

――アルコール……？　じゃ、もしかしてさっきのカクテルは……。

そうだ、ダニエルの言うことは九割が嘘。信じるなと言われていたのだ。

全身を駆《か》け巡《めぐ》った危機感に薫の意識は鮮明《せんめい》になったが、それはほんの一瞬《いっしゅん》で、またすぐくらくらと目が回ってしまう。

「大丈夫か？　ほら、俺に摑まって」

「や……」

無遠慮《ぶえんりょ》に抱《だ》き寄《よ》せられ、薫はダニエルから逃れようとした。しかし身体に力が入らない。

「なぜ、こんなこと……っ」

酔《よ》いに焦点《しょうてん》を失いかけた瞳《ひとみ》で薫は必死にダニエルを睨《にら》んだ。騙《だま》されたことは悔《くや》しいが、今はダニエルを責めるより、醜態《しゅうたい》を晒《さら》さずにこの場を乗り切ることが重要だ。

「放してください。わたしは、これで……もう、これ、で……」

失礼しますと言おうと思うのに、舌がもつれて言葉が出ない。懸命《けんめい》に意識を保とうとしても、蕩《とろ》けたような視界が頼《たよ》りなく揺《ゆ》れて、ふとした拍子《ひょうし》に気が遠くなる。

それでも流されまいと抗《あらが》う薫の様子は、見る者に別の姿を想起させた。

ごくりとダニエルの喉が鳴り、それを半ば本能で感じ取った薫は、身体に回された腕を渾身《こんしん》の力で撥《は》ね除《の》けた。けれど、身体の自由が利《き》いたのはそこまでだ。逃げようと足を踏《ふ》み出した途端《とたん》、かくんと膝《ひざ》が砕《くだ》けた。

「薫――！」

もう限界だった。身体がくずおれるのを止められない。

沼地《ぬまち》に沈《しず》むように意識がどろりと重くなり、聞き慣れた声に名を呼ばれても薫は答えることができなかった。

＊

ゆらゆらと揺れる浮遊感《ふゆうかん》に、ふと意識が浮上《ふじょう》した。

温かい。心地《ここち》好い。こんな温もりを薫はよく知っている。

けれど、それはずっと前に失ったはずだ。

夢のような安心感に、あぁそうか、と薫は納得した。

夢のような、ではない。これは正真正銘《しょうしんしょうめい》、夢なのだ。

それなら少しくらい甘えても許されるだろうか？

恐《おそ》る恐る、自分を包み込むものに薫は頬《ほお》を擦《す》り寄せた。夢だからだろう、拒《こば》まれないことが嬉《うれ》しくて、痛いほどの幸福感に包まれる。

やがて揺れが止まり、背中にひんやりとしたものが触《ふ》れた。その冷たさに思わず身体を丸めると、温もりが離《はな》れていきそうになって、

――待って。

薫はとっさにそれを引き止めた。

――嫌《いや》だ、待って。置いていかないで。

懸命に伸《の》ばした手になにかが触れて、その正体もわからないまま必死に手繰《たぐ》り寄せる。

――なんでもする。言うこときくから、ひとりにしないで――……。

泣きそうになりながら、それを強くかき抱《いだ》くと、

「……訳ありか。やっぱりな」

溜《た》め息混じりの声がして、確かな温もりに全身を包まれる。

置き去りにされる予感に竦《すく》んでいた心が、ほっと緩んだ。

「まぁ面倒《めんどう》だが、執事《しつじ》を抱き込まれるよりはマシか」

なにが面倒なのだろう？　不思議に思ったけれど、強張《こわば》りの解けた意識は安堵《あんど》にゆるりと溶《と》け崩《くず》れ、再び眠りに落ちていった。

＊

目を開くと、カーテンの隙間《すきま》から月が見えた。

ぽきん、と今にも折れてしまいそうな三日月が青白い光を放っている。その冴《さ》えざえとした光をぼんやり眺《なが》めていると、ギシリとなにかが沈むような振動《しんどう》が背後から身体に伝わってきた。

「起きたのか」

「……!?」

薫は驚愕《きょうがく》のあまり硬直《こうちょく》した。英国に来てから誰かとベッドを共にしたことは一度もないのに、寝起《ねお》きで他人の声がするなんて変だ。恐る恐る振り返ると、そこに意外すぎる人物を見つけ、薫は二、三度瞬《まばた》きをした。

「え……？」

なんで、と声にならない呟きが零《こぼ》れる。

――え。なに？　どうしてこの人が？

なにがどうして、こんな状況《じょうきょう》になったのだろう？

同じベッドに長々と身を横たえ、エドガーがシーツに片肘《かたひじ》をついて薫を見下ろしていた。

「あ、あのどうして、これはいったい……!?」

「うるさい。騒《さわ》ぐな」

慌《あわ》てて飛び起きようとした薫は、しかしエドガーの腕《うで》に捕《と》らわれて再びベッドへ沈められた。

――な、なにしてるんだこの人!?　ていうか、なにが起きてるんだ？

深紅《しんく》のベッドカバーが掛《か》けられた巨大《きょだい》なベッドで、なぜか上半身にはなにも纏《まと》っていないエドガーの胸に、どうして自分はすっぽりと収まっているのだろう。しかも薫が身に着けているのはバスローブ一枚だ。下着もなくなっていることに気づいて、薫は一気に青ざめた。

——ま、まさか……。

嫌な予感がしたが、ちょっと頭痛がするものの身体にそれらしい違和感《いわかん》はない。どうやら最悪の事態ではないようだ。しかし、今の状況こそが最悪でないとも言い切れない。

「これはどういう……あの、マイ・ロード？」

内心はどうであれ、表向きは常に冷静沈着《ちんちゃく》であることを自分に課してきた薫だが、今回ばかりは激しくうろたえ、この状況を説明できる唯一《ゆいいつ》の男に縋《すが》るような目を向ける。

そんな薫をしばらく眺めていたエドガーがにやりと口元を歪《ゆが》め、

「おまえ、見た目に反して体温高くて気持ちいいな。俺も少しだが良く眠れた」

抱き心地がいい、と薫にとっては心の底からどうでもいいことを口にした。その上、薫の身体を柔《やわ》らかく抱き直すという信じられない行動にでて、更《さら》なる混乱へ追い込もうとする。

「は、放してください！　それと説明してください。なにがどうして、こんなことになっているんですか!?」

「どうしたもこうしたも」

と、エドガーがうるさげに顔を顰《しか》め、薫の上に乗り上げてきた。

「おまえがしがみついて離れないから添《そ》い寝《ね》なんぞする羽目になったんだろうが。挙げ句、熱いとうるさく騒ぐから服も脱《ぬ》がせてやったんだ」

「そ、それは……大変失礼いたしました」

薫は神妙《しんみょう》に謝りながらも、裸《はだか》の上にバスローブ一枚というこの恰好《かっこう》の理由がわかってほっとした。たぶんエドガーは面倒で、スラックスも下着も靴下《くつした》も靴もまとめて一度に脱がせたのだろう。やり方は乱暴だが、その後でバスローブを着せてくれたのは有り難かった。

「――で？　主人にここまで世話を焼かせた元凶《げんきょう》たるスコーピオンは美味《うま》かったか？」

「スコーピオン？」

「おまえが騙されて飲んだカクテルだ。口当たりはいいがベースがラムとブランデーだから、アルコール度数はかなり高い。それにおそらく、即効性《そっこう》の睡眠導入剤《すいみんどうにゅうざい》でも使ったんだろう。そうでなければいくら睡眠不足だとはいえ、カクテル一杯《いっぱい》で倒《たお》れはしないだろうからな」

そういえば、と、ダニエルに渡《わた》されたカクテルを飲んだ直後、急激な目眩《めまい》に襲《おそ》われたことを薫は思い出した。あのときは疲《つか》れのせいかと思ったが、そうではなかったのだ。

――こんな単純な手に引っかかるなんて。

警戒心《けいかい》が緩《ゆる》んでいたことを認めないわけにはいかなかった。

ダニエルの狙《ねら》いなど考えるまでもない。薫の曖昧《あいまい》な態度に付き合っていたら埒《らち》が明かないと思ったか、或《あ》るいは手順を踏むのが面倒になって、手っ取り早く事に及《およ》ぼうとしたのだろう。

「それじゃ、もしかして貴方が……？」

助けてくれたのかと視線で問うと、恩に着せるでもなくエドガーが頷《うなず》いた。

「仕方なく、な」

「ご迷惑《めいわく》をおかけして申し訳ございませんでした。ですが、なぜ？」

不思議に思って薫はエドガーを見つめた。なにしろ昨日、顔以外はむかつくと面と向かって言われたばかりだ。エドガーは軽く鼻を鳴らした。

「俺とあいつは犬猿《けんえん》の仲だ」

短い答えだったが、十分に納得がいった。

エドガーが薫をダニエルの毒牙《どくが》から救ったのは、単に仲の悪い異母弟の邪魔《じゃま》をしたかったというだけのことだ。

それならもしかしたらダニエルも、エドガーの執事を自分が落として優越感《ゆうえつ》に浸《ひた》りたいがために薫に手出しをしたのかもしれない。随分《ずいぶん》安く見られたものだが、その推測が正しければダニエルを袖《そで》にするのも気が楽だ。

「とりあえず、これでおまえがダニエルと繋《つな》がっている可能性は消えた。繋がっていれば、一服盛るなどという面倒な真似をする必要はないからな」

ひとり頷くエドガーに、本気で疑われていたのかと薫は驚《おどろ》くと同時に半ば呆《あき》れた。彼は人嫌《ひとぎら》いというよりも、人間不信なのではないだろうか。

──まぁその辺は、俺も人のことは言えないけど。

胸中でそう呟《つぶや》き、薫はエドガーを見上げた。

「疑いが晴れたのならば幸いです。ところで、どいていただけませんか」

いつの間にかエドガーに組み敷《し》かれた恰好になっていた。薫は軽く相手の胸を押しやりながら、周囲の様子に目を走らせる。

天蓋《てんがい》つきの広々としたベッド。窓辺に置かれたドレッサー。格調高く、女性が好みそうな優《ゆう》雅《が》な内装。おそらくここは昨夜予約したクラリッジのスイートだ。

──ということは、ここはウェスト・エンドの真ん中か。

あと十数分で日付が変わる。なるべく早く休まないと明日の仕事に差し支《つか》えるので、早くノッティング・ヒルの屋敷《やしき》に帰りたかった。

「マイ・ロード？」

「……」

カーペットに脱ぎ散らかされた服を確認《かくにん》してから、薫は促《うなが》すように呼びかけた。しかしエドガーは動かない。不審《ふしん》に思って見上げれば、彼の眉間《みけん》にはなぜだか深い皺《しわ》が刻まれている。

──なんで、そこで怒《おこ》るんだよ。

薫は溜め息をつきたくなった。

どけと言ったのがまずかったのだろうか。口答えのように感じて不愉快《ふゆかい》だったのかもしれない。それとも別のなにかが気に障《さわ》ったのか。いずれにせよ、短気なエドガーがなにをきっかけに怒り出すのか、薫には普段《ふだん》からわからない。もちろん今もさっぱりだ。

「おまえ、くだらない男ども相手にへらへら笑ってたな」

脈絡《みゃくらく》もなくエドガーが妙《みょう》なことを言い出したので、面倒《めんどう》だったが薫は仕方なく自《みずか》らの記憶《きおく》を探《さぐ》った。思い当たることが一つある。たぶん、あの獣《けもの》じみた男達に囲まれたときのことだろう。

――まあ確かに愛想《あいそ》笑いは浮《う》かべていたと思うけど。でも、へらへらってなんだよ。

その言い方もさることながら、目が合ってすぐに睨《にら》まれた挙げ句、犬を追《お》い払《はら》うように手を振《ふ》られたことを思い出し、薫はむかむかしながら「そうですね」と頷いた。

「ダニエルには、随分と色っぽい顔をしてみせた」

「それは覚えがありません」

今度は即座《そくざ》に否定した。今夜、薫は最初からダニエルの態度を訝《いぶか》っていたのだ。だからそんなことをするはずがない。しかし、

「おまえが覚えていなくても俺は見た。それで十分だ」

薫の反論は一方的な断言によって一刀両断にされてしまった。身勝手な主張にむっとしなくはないけれど、騙《だま》されてカクテルを飲んだ後のことはあまり覚えていなかったし、エドガーには助けられてしまっている。悔《くや》しいが反論できない以上、口を閉ざすしかない。

むっつりと唇《くちびる》を引き結んでいると、エドガーが薫の顔の両脇《りょうわき》についた腕を折り、肘《ひじ》をついた。

険のある目が至近距離《きょり》から顔を覗《のぞ》き込んでくる。

「――で？」

「で？　と、おっしゃいますと……？」

「おまえが人形なんて可愛《かわい》いものじゃないってことはよくわかった。あちこちで色気を振りまいているからな。で、俺の前では常にその面白《おもしろ》みのない仮面顔なのはどういうわけだ。主《あるじ》は後回しか？」

真上から睨んでくるエドガーが本気で機《き》嫌《げん》を損《そこ》ねていることが、そのぴりぴりした空気から伝わってくる。けれど彼の言い分は、まるで仲間はずれにされた子供のそれだ。

薫はすっかり呆れてしまった。彼は身の回りに置く人間のことを細かい部分まで把《は》握《あく》していないと気が済まないのだと以前ナイジェルが言っていたが、これほどまでとは思わなかった。いつ、どこで、どんな顔をしていようとそれは薫の自由だし、仕事にだってなんの支障もないではないか。

「なにをおっしゃっているのか、わかりかねます」

型通りに切り返すと、エドガーの眦《まなじり》が切れ上がる。それを目にして、薫の脳裏《のうり》に昨日の出来事が蘇《よみがえ》った。今のこの状況《じょうきょう》はあのときの展開とそっくりだ。

「俺はな、おまえが俺の前でだけ無表情なのが気に入らないんだ。ナイジェルの前ではあれほど無防備になるくせに、奴《やつ》がいなくなると途《と》端《たん》にその取り澄《す》ました仮面をつけて本心を隠《かく》す。

ダニエルにさえあんな顔を晒《さら》しておきながら、俺にはなにもかも隠すというのはどういうことだ。おまえは自分の主が誰か、さっぱりわかっていないようだな」

だったらわからせてやる、とエドガーが唇を寄せてきた。そうくると思って身構えていた薫は瞬時《しゅんじ》に腕《うで》を跳《は》ね上げて、エドガーの口を手のひらで押さえる。

「悪ふざけが過ぎます」

鋭《するど》く言って押しのけようとすると、

「悪ふざけだと？」

エドガーが眉《まゆ》を逆立てた。彼は無造作に薫の両手を一纏《ひとまと》めにして摑《つか》み上げると、頭上に押さえつけてくる。

「ちょ、なにをするんです!?　放してください！」

「黙《だま》れ。俺に逆らうな」

昨日のように顎《あご》を摑まれ、抗議《こうぎ》の言葉ごと唇を無理やり奪《うば》われた。

「…っ、んんっ……」

拘束《こうそく》してくる腕や強引《ごういん》に絡《から》んでこようとする舌から、なんとか逃《に》げようと薫は必死に抗《あらが》った。

しかしエドガーの腕は強靭《きょうじん》で、押さえつけられた両手はどんなに力を込めても自由にならない。暴れる脚《あし》はエドガーの膝《ひざ》で押さえられ、身動きもできなくなってしまった。

そんなふうに無理を強《し》いる彼の口づけは、しかし腹立たしいほど巧《たく》みだった。いとも容易《たやす》く薫を刺激《しげき》し、官能を引き出しては翻弄《ほんろう》する。快感や人の温もりに弱く出来ている薫は次第《しだい》に酔《よ》わされて、いつしか舌を強く搦《から》めとられて甘い吐息《といき》を零《こぼ》していた。

「どうして、こんなこと……っ」

長くて深いキスの後、図らずも潤《うる》んでしまった目で睨みつけると、エドガーがにやりと口元で笑《え》んだ。

「その目はいいな。ぞくぞくする」

キスひとつで薫を乱したエドガーは、やはり昨日と同じように冷静だった。他人を支配しなれた傲慢《ごうまん》な双眸《そうぼう》が、なにか偽《いつわ》りや誤魔化《ごまか》しがないか、どんな変化も見逃《みのが》すまいと薫をじっと見下ろしている。

――なんで、こんなふうに扱《あつか》われなきゃならないんだ。

悔しくて、蹂躙《じゅうりん》されて痺《しび》れたようになっている唇を噛《か》み締《し》める。と、エドガーが尋《たず》ねてきた。

「おまえ、男が好きなのか」

「……なんの話です」

「あれだけ男を引き寄せておいて、違《ちが》うわけはないな。答えろ」

詰問《きつもん》から逃《のが》れるように薫は睫毛《まつげ》を伏《ふ》せた。エドガーの視線はいつも強くて容赦《ようしゃ》がなくて、受け止めていると氷の破片《はへん》に貫《つらぬ》かれるような気持ちになる。そして次第に心が疲弊《ひへい》するのだ。

この目から逃れる手段はひとつしかない。薫は仕方なく口を開いた。

「男性に言い寄られることはよくありますが、それを嬉《うれ》しいと思ったことはありません。女性を好きになったこともありませんが、人を好きになること自体あまりないので、自分が男を好きなのかどうかはわかりません」

目を伏せたまま正直に答えた。エドガーは美しければ性別を問わない男らしいので、偏見《へんけん》の目で見られる心配はない。それでも小声になったのは、あることを思い出したからだ。

過去に一度だけ、本気で好きになった人。その男の面影《おもかげ》が閉ざした瞼《まぶた》に蘇る。

ふと泣きたいような気持ちになったとき、余所見《よそみ》をするなと言わんばかりに摑まれたままの顎を軽く揺《ゆ》すられた。薫は仕方なく瞼を持ち上げ、エドガーを漆黒《しっこく》の瞳《ひとみ》に映す。

「男を好きになったことはありそうだな。いつだ」

「ずっと前に。一度だけ」

「そうか。なら問題はないな」

「なにがですか？」

「その顔にこの身体《からだ》だ。経験がないとは言わせない。今、特定の相手がいないなら抱《だ》いても問題はないだろう？」

え、と目を見開いた薫は、次の瞬間《しゅんかん》、壊《こわ》れそうな勢いで首を振った。

「あ、あります！　問題ないわけないでしょう!?」

「ああ、そうだな。問題なら許しがたいものがあった。おまえは俺に隠し事をした上、今夜の予定を台無しにしたんだ。主人を騙した挙げ句、楽しみを潰《つぶ》した責任は重いぞ。文句の言える立場だと思うな」

そんな、と理不尽《りふじん》な要求に薫は頬《ほお》を強張らせた。

エドガーの言う今夜の予定とは、おそらくあのブロンドの美人女優とのことだろう。彼女をこの部屋に招くはずだったのに、薫がダニエルの幼稚《ようち》な策略に引っかかってしまったせいで彼は予定の変更《へんこう》を余儀《よぎ》なくされた。そのことについては申し訳なく思うけれど、だからといってその責任をこういう形で取らされるのはご免《めん》だ。

——でも、隠し事ってなんだろう？

身に覚えがなくて戸惑《とまど》っていると、ぐいと顎を持ち上げられた。

「俺はおまえの主だ、他の誰よりおまえを知る権利がある。だがおまえは俺に対し、本来必要のない眼鏡《めがね》で顔を隠していた」

「それは」

「今夜の反応から察するに、ナイジェルはおまえの素顔《すがお》を知っていたはずだ。だが、おまえは俺には隠した。それだけでも腹立たしいのに、俺の屋敷《やしき》でおまえが最初に素顔を晒したのも、感情を見せたのもダニエルの前だ、忌《い》ま忌《い》ましいことにな。だったら俺はナイジェルもダニエルも知らないおまえの姿を暴いて、俺のものにするまでだ」

「そんな勝手な……！」

薫の中で怒《いか》りが弾《はじ》けた。

エドガーの言っていることは単なる好奇心《こうき》と独占欲《どくせんよく》、子供じみた競争心の現れだ。嫌々《いやいや》ながらも雇《やと》った執事《しつじ》は自分の家のものだから、自分以外の人間がその執事についてより多くのことを知っているのが我慢《がまん》ならないだけなのだ。

そんなくだらない理由で身体を好きにされては堪《たま》らない。

「お断りです」

薫は冷ややかな怒りを全身に纏《まと》った。

「どうしてだ。別に初めてでもないだろう」

「それはそうですが、わたしにも相手を選ぶ権利があります。仕事とプライベートは分ける主義ですし、ましてや貴方は主人でしょう。妙《みょう》な関係になる気はありません」

無礼なほどきっぱり断ったのに、なぜかエドガーの双眸が楽しげに光った。手ごたえのある獲物《えもの》を見つけた獣《けもの》のような顔をしている。

「逆らう気か。俺のどこが不満だ」

「不満なら売るほどありますが。それ以前に、遊びでも職場の人間とは関係を持ちたくないんです。だから放していただけませんか」

「随分《ずいぶん》ムキになるじゃないか。……ああ、そうか。怖《こわ》いんだな。自信がないんだろう?」

侮《あなど》るような目を向けられて、薫は眉を跳ね上げる。

「どういう意味です？」

「言葉通りだ。他人に対して自分を偽ったり、必要以上に人との間に距離《きょり》を置くおまえのような奴《やつ》は、案外と他人の体温に弱いからな。それに大抵《たいてい》、臆病《おくびょう》だ」

図星を指され、薫はぎりっと奥歯を嚙み締めた。構わずエドガーが続ける。

「抱かれたら温もりに溺《おぼ》れるかもしれない。抱いた男に惚《ほ》れるかもしれない。それが怖いんだろう？　遊びのはずが本気になって、捨てられることを恐《おそ》れているんじゃないのか」

「怖くなんかない！」

固く引き結んでいたはずの唇《くちびる》から、知らず切りつけるような叫《さけ》びが迸《ほとばし》った。

自分は温もりに弱くなんかない。優《やさ》しく包み込まれたとしても、脆《もろ》く崩《くず》れたりはしない。抱かれたくらいで人を好きになったりはしないし、そもそも薫は人を好きには決してならない。だから捨てられることを恐れる必要など、どこにもありはしないのだ。

――セックスなんて、快楽を得るための手段のひとつに過ぎないじゃないか。

特別なことじゃない。怖がる必要なんてない。そんなことは自分にとって大したことではないはずだ。

怒りに瞳をきらめかせ、薫は叩《たた》きつけるように宣言した。

「わたしは誰も好きにはなりません。もし今、貴方に抱かれたとしても、本気になるのはわたしじゃない。貴方のほうだ」

へぇ？　と、エドガーがいかにも面白そうに片方の眉《まゆ》を吊《つ》り上げる。

「言ったな。なら、試してみるか？」

エドガーの挑発《ちょうはつ》に乗せられているのはわかっていたが、もう後には引けない。引くつもりもない。

先ほどのエドガーの台詞《せりふ》を、身をもってでも否定し切らなければ薫の気が済まないのだ。

「後悔《こうかい》しても知りませんよ」

薫は挑《いど》むようにエドガーを見上げ、ゆっくりと伸《の》し掛《か》かってくる男の重みを受け止めた。


……身体が熱い。

視界や吐息が赤く染まっていくかのようだ。

熱く霞《かす》んでいく意識をなんとか繋《つな》ぎとめ、押し寄せてくる快楽の波に薫は首を振《ふ》って抗《あらが》う。

「……っ、くぅ、っ……」

尖《とが》らせた舌先に執拗《しつよう》に乳首《ちくび》を嬲《なぶ》られて、堪《こら》えきれず身体が跳《は》ねた。

「男のくせに、こんなところも感じるのか」

揶揄《やゆ》する唇にそこを含《ふく》み取られ、違《ちが》う、と薫は首を振る。違わないと返されて、もう一方の乳首を指で転がされ、鋭《するど》い刺激《しげき》がそこから身体の奥へ走り、びくびくと全身が反り返った。

──こんなはずじゃ、ない。

悔《くや》しくて、意地でも声を出すまいと薫は指の背を嚙み締《し》める。右手の甲《こう》で目許《めもと》を覆《おお》うと、それを見咎《みとが》めてエドガーが上体を起こした。

「隠《かく》すな」

薫の両手を顔の前から外させると、早くも快楽のために涙《なみだ》を滲《にじ》ませた黒瞳を覗《のぞ》き込んでくる。

「や、っ……」

見られるのが嫌《いや》で顔を背《そむ》けると、強引《ごういん》に正面を向かされた。

「一方的に好きにされるのは悔しいか？　だが、よさそうじゃないか。ん？」

「誰、が……っ」

「おまえがだ。他《ほか》に誰がいる？」

「あっ、んんっ……」

舌で散々に嬲られて嫌というほど敏感《びんかん》にされた乳首をきゅっと摘《つま》まれる。予期せぬ刺激に背筋が跳ねて腰《こし》まで甘く痺《しび》れてしまい、嚙み殺せなかった嬌声《きょうせい》が上がった。

「…っ、ふ、……やぁっ……」

「いいんだろう？　そういう声だ」

含み笑いでからかわれ、摘んだそれをやわやわと擦《こす》られる。そうしながら感じている顔を間近で見ているエドガーの余裕《よゆう》が腹立たしくて、腰が捩《よじ》れそうになるのを薫は必死で堪えた。そうして眦《まなじり》をきつくし、エドガーを睨《にら》みつける。

「――いい表情だ」

「い、あぁっ……」

尖った乳首を押し潰されて、切ない刺激に瞼《まぶた》が震《ふる》えた。それを見ている男の唇が満足そうな弧《こ》を描《えが》き、目尻《めじり》に浮《う》かんだ涙を拭《ぬぐ》う。その唇は泣きぼくろにまで触《ふ》れてきた。

――あ、そこは……。

自分の顔のなかで一番嫌《きら》いなところだ。薫を男にだらしない人間に見せる、忌むべき箇所《かしょ》。そんなところに指でなくわざわざ唇で触れるなんてどうかしていると、ちりちりとした苛立《いらだ》ちが胸を焼く。

「ここは嫌いか？」

思ったことが顔に出たのか、エドガーがふと笑った。その吐息《といき》が耳をくすぐり、薫は思わず肩《かた》を竦《すく》める。

「…っ……ぅっ」

「敏感だな。耳も弱いのか」

否定する間もなく、彼の舌が耳の中に入り込んできた。濡《ぬ》れた温かいものが耳の中で蠢《うごめ》く感《かん》触《しょく》が異様で、けれどぞくぞくしてしまう。

「……あ、ぁっ……やぁ……っ」

シーツを蹴《け》った爪先《つまさき》がぎゅっと丸まり、堪えきれない嬌声が上がった。とっくに反応していた自身を大きな手に包まれて、濡れた音がしたことに薫はいたたまれなくなる。

こんなふうに一方的に与《あた》えられるだけのセックスになるなんて、思わなかった。

なにしろ相手はエドガーだ。普段《ふだん》、あれほど自分勝手で尊大な男だから、ベッドでも当然、そんなふうに振る舞《ま》うのだろうと薫は疑いもしなかった。

だから命じられる前に自分からさっさと愛撫《あいぶ》を仕掛《しか》け、あわよくば口での奉仕《ほうし》で満足してもらおうと密《ひそ》かに企《たくら》んでいた。奉仕など好きこのんでしたくはないが、最後までしたら確実に明日の仕事に差し支《つか》える。だから嫌なことでも我慢して、身体《からだ》に負担のかからない方法で早めに終わらせたかったのだ。

薫の思っていた通り、エドガーはベッドでも自分勝手だった。しかし「自分勝手」の方向性が、薫の予想とまるで違った。

「おまえはなにもするな。なにも隠さず、拒《こば》まず、俺の好きにさせろ」

触れられるのは好きじゃないとエドガーは言い、その言葉通り、薫の仕掛けようとした愛撫の手をことごとく押さえつけてきた。

どんなに乱暴にされるのだろうとさすがに最初は身構えたが、エドガーは好き勝手にしながらも、とても丁寧《ていねい》に薫の身体を扱《あつか》った。乱暴はせず痛みを与えず、手や指や唇で、薫の感じる場所をひとつひとつ探し出し、快楽だけをこれでもかと注ぎ込んでくる。

そのやり方に自分を落とすつもりだと悟《さと》り、それならせめて声は出すまいと薫は意地を張っていたのだが、それもとっくに限界だった。

「……っ、く、ぅ……んんっ」

少しでも反応したところには執拗なほどの愛撫が施《ほどこ》される。脇腹《わきばら》を辿《たど》る唇に幾《いく》つも赤い痕《あと》をつけられて、そのたびに薫は悲鳴をあげてしまいそうになった。

弱いところをきつく吸われて、腰が恥《は》ずかしいほど淫《みだ》らにくねる。大きな手のひらにすっぽりと包まれて擦りたてられている薫の熱は、既《すで》に先端《せんたん》から透明《とうめい》な雫《しずく》を零《こぼ》していた。

「……ぁ、っ」

「なんだ、もうこんなに濡らして。いきたいのか？」

薫はぎゅっと目を閉じ、顔を背けた。こんなに簡単に反応してしまう自分の身体が厭《いと》わしい。きっと男を引き寄せてしまうのは、こんないやらしい身体だからだ。

しかし自己嫌悪《けんお》に陥《おちい》る暇《ひま》もなく、首筋に甘く歯を立てられて薫の思考は霧散《むさん》する。

「いきたいなら、ねだってみろ」

「……っ」

艶《つや》のある声で囁《ささや》かれ、うなじの辺りがぞくりとした。エドガーは薫の耳朶《みみたぶ》を柔《やわ》らかく唇《くちびる》で挟《はさ》み、舌先でそこを嬲ってくる。薫の熱はエドガーの手の中で揉《も》みしだくように刺激されていて、

もうどうすればいいのかわからない。

「……は、ぁ……っ」

「言え。どうして欲しい？」

低い美声が身体に響《ひび》いて、薫はびくりと身を竦《すく》める。

「ほら、言えよ。ちゃんと言えたら、その通りにしてやる。……いきたいんだろう？」

「い、やっ……やだ……っ」

鎖骨《さこつ》を辿った唇が、散々に弄《いじ》られて過敏《かびん》になった乳首を捕らえる。尖らせた舌先でくすぐるように先端を嬲られて、そのじれったいような淫らな刺激に薫は思わず首を振った。すると、

「なんだ。いきたくないのなら早く言え」

長い指に根元をぎゅっと押さえられ、薫ははっと目を開けた。

「や、なに……？」

「いくのは嫌なんだろう？」

人の悪い笑《え》みをエドガーは浮かべた。胸への刺激から意味もなく薫が口走った台詞を、彼はわざと曲解してみせたのだ。そして薫を追《つ》い詰めるためにその長い指を器用に使い、熱を吐《は》き出せないように抑圧《よくあつ》しながら先端を嬲ってくる。

「いや、手、放し…っ……あ、やっ、いやぁっ……」

先端から零れた雫がとろりと伝い落ちた。それを下からなぞり上げてきた親指に拭《ぬぐ》われて、

ひくひくと性器が震える。そのまま這《は》い上がった親指に、濡れそぼった先端をぬるぬるとなぞられ、堰《せき》き止められたまま煽《あお》られる苦しさに薫の腰が何度も跳《は》ねた。

「や、やめ……嫌だ、こん、な……の、やぁっ……」

「じゃあどんなのがいいんだ。こう、か？」

「――ッ！」

くちゅ、と先端の割れ目をくじるようにされた。敏感な部分を容赦《ようしゃ》なく刺激され、声もなく背筋が反り返る。

「あ、あ…っ、や、め……」

「これも嫌なのか？　ああ、そうか、おまえはこっちのほうが好きそうだな」

前を堰き止められたまま、後孔《こうこう》に触れられた。薫の零した蜜《みつ》をまとった指が入り口を確かめるように撫《な》で、く、と押すように圧迫《あっぱく》してくる。それを何度か繰《く》り返し、ずるりと指が入り込んできた。

「ひ、あ…っ」

ゆっくりと指が身体の奥へと沈《しず》み込んでくる。どうしても収縮してしまう粘膜《ねんまく》をエドガーの指に拓《ひら》かれて、そのリアルな感触に薫は身を硬くして急速に目を潤《うる》ませた。

――や、だ……怖《こわ》い。

泣き出しそうに顔が歪《ゆが》む。

英国に来てから、薫は誰とも寝《ね》ていなかった。最後に身体を開かれたのは、一年以上も前のことだ。

久しぶりなのに、体内を侵《おか》されていく刺激《しげき》を痛いと感じない自分の身体が恐《おそ》ろしかった。粘膜を擦りながら奥まで長い指を差し入れられる、そんなことをなぜ快感として自分は受け入れてしまうのだろう。しかもこれは気持ちの伴《ともな》わない行為《こうい》なのに。

――違《ちが》う。怖くなんか、ない。

薫は身体の中を弄られる感触に喘《あえ》ぎながら、自分自身を否定するかのように首を振《ふ》った。触れられれば感じる、それは当たり前のことだ。エドガーは薫が感じるように触れているのだから尚更《なおさら》だ。それに、これは確かに気持ちの伴わない行為だけれど、それがなんだというのだろう。今更《いまさら》じゃないかと、弱くなりかけた心を必死に立て直す。

薫のことなど、誰も抱《だ》き締《し》めてはくれない。本当の意味では欲しがってもらえない。求められるのはいつだって身体だけだ。一瞬《いっしゅん》の快楽だけ。

――そういうものだって、わかってたじゃないか。

もうずっと前から、自分はその程度の人間だとわかっていたのだから、今更傷つく必要などないはずだ。

ふいに湧き起こった恐怖《きょうふ》や葛藤《かっとう》を、薫がそうして無理やり飲み下すと、

「……強情《ごうじょう》だな」

これまでずっと薫の反応や表情をつぶさに見ていたエドガーが、なにを思ったのかふと呟《つぶや》いて、奥まで沈めた長い指を急に動かし始めた。

「ひぁっ、あんっ、あぁ……っ」

「この状況《じょうきょう》で他《ほか》の事を考えるとは、随分《ずいぶん》と余裕《よゆう》があるじゃないか。ん？」

濡れそぼった先端が更《さら》に蜜を零すのを、エドガーの親指が押し戻《もど》すようにぐりぐりと弄り回してくる。体内で蠢く指が薫の弱いところに触《ふ》れた。前と後ろからどうしようもなく感じる箇《か》所《しょ》を一度に弄られ、薫はびくびくと腰《こし》を震《ふる》わせながら甘く濡れた悲鳴を上げる。

「や、だめ、それだめ……っ、はな、し……、お願、いっ……」

「ここか。おまえのいいところは」

身体の中の感じるところに指の腹を強く押し当てられた。そのまま円を描《えが》くように刺激されて、くだらない思考は押し寄《よ》せる快楽にたちまち飲み込まれていく。

「や、いや、やめ、て……っ」

中と外から怖いくらいに感じさせられ、過ぎる快楽に苦しくなった薫はエドガーの腕《うで》に手をかけて手酷《てひど》い愛撫を止めさせようと躍起《やっき》になった。けれど震える指には力が入らず、必死にエドガーの腕に爪《つめ》を立てても、止めさせるどころか後ろに指を増やされてしまう始末だ。そのまま音を立てて弄り回され、もうどうすることもできなくなる。

「は、あん…っ、い、やぁ……っ」

「嫌《いや》じゃないだろう、こんなに腰を振って。中も、俺の指に食いついてくる」

エドガーの手を阻《はば》めずに、薫は泣きながら上半身を捩《ねじ》ると崩《くず》れるようにシーツに縋《すが》りついた。

滑《なめ》らかな背中に肩甲骨《けんこうこつ》が浮《う》き上がり、薫が身を震わせるたびにかすかに動く。窓から差し込む月光の下、瀕死《ひんし》の蝶《ちょう》を思わせるその艶《なま》めかしい姿を、エドガーが食い入るように見つめていた。

「……驚《おどろ》いたな。普段《ふだん》あれほど取り澄《す》ました顔をして、スーツの下にこんなにいやらしい身体《からだ》を隠《かく》していたのか」

「そ、な……違、う……っ」

「どこが違う。ここを指で弄られて、こんなに濡《ぬ》らして、乱れて」

「や、もうやめ、て……や、あん…っ、あぁっ……」

泣いて許しを請《こ》うほどに散々指で弄られて、薫はもう息も絶え絶えだ。

身体の奥は甘く溶《と》け、縛《いまし》められたままの熱は張り詰めて震え、切なく雫を滴《したた》らせている。

「もう、いや……欲し、い……も、挿《い》れて……っ」

すっかりとろけたそこは、既に指での刺激では物足りなくなっていた。じくじくとした疼《うず》きが身体の奥から全身に広がって、立てた両膝《りょうひざ》が勝手に大きく開いていく。

きちんと望みを口にしたことを褒《ほ》めるかのように額にキスが落ちてきた。指がまとめて引き抜《ぬ》かれ、欲しいところにエドガーのものが宛《あて》がわれる。

「力を抜け」

「…っ、あ、あぁっ……」

先端《せんたん》を呑《の》まされたら、もう拒《こば》めない。あんなに大きなものを受け入れるなんて絶対に無理だと最初は思った。だから口で終わらせるつもりだったのだ。けれど、十分すぎるほど柔らかく解《ほぐ》されたせいか、エドガーの猛《たけ》りは熱くとろけた体内をさほどの苦もなく奥まで貫《つらぬ》いてくる。

「……は、ぁっ…」

痛みはほとんどないけれど、さすがに圧迫感《あっぱくかん》が酷《ひど》い。息が上手《うま》く継《つ》げなくて浅い呼吸を繰り返し、薫は胸を喘がせる。

けれど、圧倒《あっとう》的な質量を受け入れさせられた苦しさよりも、いっぱいに満たされた快感のほうがずっと強かった。身体の中の熱を絞《しぼ》るように締めつけながら、我慢《がまん》できずに腰を揺《ゆ》らしてしまうほどに。

そんな薫の焦点《しょうてん》を失った瞳《ひとみ》を覗《のぞ》き込み、この期《ご》に及《およ》んでエドガーが尋《たず》ねてくる。

「さぁ、次はどうして欲しい？」

理性などとっくに崩壊《ほうかい》していた薫は、泣きながら望みを口にした。

「抱き、締めて……くだ、さ……っ、ぎゅって、強く……」

エドガーが驚いたように眉《まゆ》を上げたが、薫は気づかずに懇願《こんがん》した。

「お、願……っ、放さ、ないで……っ、最後、まで、ずっと……抱き締めた、まま…で……」

切れ切れに訴《うった》える薫の声には嘘《うそ》も秘密も打算もなく、それが切ないまでの本心なのだと容易に知れるものだった。そしてそれは、内容はともかくエドガーの望みに適《かな》うものだ。

「想像以上に手のかかる奴《やつ》だな。……だが、こういうのも悪くない」

エドガーの腕が薫の身体に回された。望み通りに抱き締められて、薫も広い背中へと手を伸《の》ばす。暗闇《くらやみ》を怖がる子供のようにぎゅっと強くしがみついても、今度は咎《とが》められなかった。

エドガーが腰を引く。ぞくりと震えた身体を抱き締められたまま、敏感《びんかん》になった内壁《ないへき》を擦《こす》り上げるようにしてゆっくりと奥まで犯される。

「あ、あぁ……っ」

エドガーの質量に慣れるまで、引いてはじわじわと押し入られた。じくじくと疼く腰の奥がそんな刺激では足りないと焦《こが》れて跳ねるまで、それは続いた。

粘膜が柔《やわ》らかくエドガーを包み、波打つように纏《まと》わりつくようになると次第《しだい》にリズムが速くなる。やがて激しく揺さぶられ、薫はエドガーに懸命《けんめい》にしがみついた。

「あ、あっ、い、あぁっ」

もっと、と唇《くちびる》だけで呟いて、快楽に潤んだ瞳で薫は無意識にエドガーを見上げる。しっとりと濡れた睫毛《まつげ》が切なく震えて伏《ふ》せられるさまが、えもいわれぬ風情《ふぜい》を醸《かも》し出し、エドガーの視線を釘付《くぎづ》けにしていたが薫には気づく余裕もない。

「そんな顔……あの取り澄ました仮面のどこに隠していたんだ、おまえは」

快楽に染まる薫の姿は凄絶《せいぜつ》なまでの色香《いろか》を放っていた。それを凝視《ぎょうし》する灰色の瞳のまばたきの回数が極端《きょくたん》に少なくなっていることに、薫はもちろんエドガー自身も気づかない。

「もっと見せろ。――もっと」

「あ、あんっ、やぁっ……――ッ！」

激しく突《つ》き上げられ、揺さぶられるたびにエドガーの腹に擦られていた濡れそぼったものがとうとう弾《はじ》けた。

高い嬌声《きょうせい》を放ってびくびくと反り返る背中を、しっかりと抱き締められる。その間も薫は思うさま揺さぶられ、吐《は》き出している最中の性器を擦られていた。

「あ、あぁ…っ、待って、まって、だめ、やだ、いやぁっ……！」

「最後まで、放さないで欲しいんだろう？　だったら逃《に》げるな。望み通りにしてやる」

抱き潰《つぶ》されそうなほど強く拘束《こうそく》されて、顔中にキスの雨が降る。そんな優《やさ》しげな仕草とは裏腹に身体の中はめちゃくちゃにかき回されて、凄《すさ》まじい快楽を絶え間なく送り込まれていた。

限界を超《こ》えて与《あた》えられる刺激が怖くて逃げようと身を捩っても、抱き締める腕にいっそう力を込められて阻まれる。

やがて再び絶頂へと追い上げられた薫は、本当に身動きもできないほど強くエドガーの腕の中に閉じ込められたまま、その奔流《ほんりゅう》を身体の奥で受け止めた。

3

その朝、薫は六時三十分ちょうどにエドガーの寝室《しんしつ》をノックした。

「おはようございます、マイ・ロード。ご起床《きしょう》のお時間です」

呼びかける声は無機質で平坦《へいたん》だ。ドアを見つめる面《おもて》には、この数日で更に強固になった執事《しつじ》の仮面がぴたりと張りついている。

「五分後に居間へ行く」

「かしこまりました」

エドガーの返事を受けた薫は扉《とびら》に向かって一礼すると、居間へ向かった。途中《とちゅう》で擦《す》れ違《ちが》った従僕《じゅうぼく》に食卓《しょくたく》の準備の段取りを伝え、朝の紅茶の支度《したく》をする。ティーポットの中でアッサムのルーズリーフがちょうどいい具合に広がる頃《ころ》、エドガーが居間へ現れた。

「おはようございます」

「ああ。……切り替《か》えの早さは相変わらずだな、執事どの」

薫は最近、寝室のドアをノックするなり嫌味や皮肉を浴びせられることはなくなった。が、今度は意味深な眼差《まなざ》しと言い回しとでエドガーに絡《から》まれるようになった。

「さようでございますか」

当たり障《さわ》りなく答えながら紅茶のカップをテーブルに置くと、手首をエドガーに摑《つか》まれた。強く引かれ、前のめりになった薫の耳に彼は唇を寄せてくる。

「つれないな。泣きながら必死に縋りついてきた昨夜のおまえはどこへ行った？」

「……っ」

胸の下で心臓が跳《は》ねた。薫は無言で上体を起こし、周囲の気配を素早《すばや》く探《さぐ》る。従僕やメイド、メイド頭の立ち働く物音は遠く、かすかだ。

——よかった。居間の周辺には誰もいなかったみたいだ。

内心で安堵《あんど》の息をつくと、エドガーがにやりとした。表には出ない薫の動揺《どうよう》を彼は見透《みす》かしているのだ。楽しげに目を細めたエドガーは薫を解放し、紅茶のカップを手に取った。

「どこかに切り替えのスイッチでもあるのか、或《ある》いは涙《なみだ》ぐましい努力の賜物《たまもの》か。どちらにしても夜と朝とじゃ別人だな。毎度毎度、見事なものだ」

「……恐《おそ》れ入ります」

薫はあからさまなエドガーの揶揄《やゆ》を、少なくとも表向きは眉ひとつ動かさずに受け流した。そうした態度は以前なら確実にエドガーの目を険しくさせたが、今は逆だ。機嫌《きげん》を損《そこ》ねるどころか、むしろ面白《おもしろ》がられている。

これ以上遊ばれるのは癪《しゃく》なので、エドガーの前に新聞を並べた銀盆《ぎんぼん》を差し出すと薫はさっさと退室する。扉を閉めると、は…、と短い溜《た》め息が漏《も》れた。

「なんで朝からこんなに疲《つか》れなきゃならないんだ」

眼鏡《めがね》を失ってからというもの、薫は殊更《ことさら》に完璧《かんぺき》な執事としてストイックに振《ふ》る舞《ま》っていた。ピンと張った弦《げん》のように隅々《すみずみ》まで神経を張り詰《つ》めさせて職務に徹《てっ》し、自分の周囲に一分《いちぶ》の隙《すき》もなく壁《かべ》を作る。それは物理的な盾《たて》を失った今、どうしても必要なことだ。

けれどその一方で、そんな自分の頑《かたく》なさに薫は呆《あき》れてもいた。

──なにをムキになっているんだ、俺は。

自意識過剰《かじょう》だと自分でも思う。けれど素顔を晒《さら》している今、触《ふ》れれば落ちるようなだらしのない印象をできる限り払拭《ふっしょく》したかった。それに、少しでも隙を見せたらエドガーとの関係を誰かに見抜《みぬ》かれてしまいそうで不安なのだ。

エドガーと、主人と執事という立場を超えて一夜を共にしたあの日以来、エドガーの帰宅が早くなり、彼の遊び相手が薫の携帯《けいたい》を鳴らす頻度《ひんど》は極端に減った。

セックスは、あの一度きりでは終わらなかった。なにかの拍子《ひょうし》に強引《ごういん》に始められ、抵抗《ていこう》しきれず押し流されるように何度か抱《だ》かれてしまっている。

遊び相手はたくさんいるはずなのになぜ自分にまで手を出すのかと、腹立たしく思うと同時に単純な疑問を抱いた薫は、一度エドガーに問い質《ただ》してみたのだが、

「今のところ、おまえが一番鑑賞《かんしょう》のしがいがあるからだ」

返ってきたのは、そんな人を馬鹿《ばか》にしたような答えだった。

「どんなに美人でも感じ始めると醜《みにく》くなるタイプがいるんだが、俺はそういうのは駄目《だめ》だ。萎《な》える。その点、おまえは追い詰めてぼろぼろに崩《くず》しても十分鑑賞に堪《た》えるからな。おまえの泣き顔や反応は癖《くせ》になるんだ。それに身体《からだ》の相性もいい」

他の身体を抱く気がしない、と笑ってみせる意地の悪い目つきからは、それが本心なのか戯《たわむ》れなのか、判断がつけられなかった。

そして不本意極《きわ》まりないことだが、エドガーの言葉の一部については薫も密《ひそ》かに似たようなことを感じている。

――あの人の言う通り、相性はいいんだ。たぶん。

ただ薫の感じている相性の良さは、エドガーの言うような身体の相性とは少し違《ちが》う。

――なんだろう。肌《はだ》が合うっていうか、なにか通じるものがあるっていうか……。

エドガーとは、精神的にとても近いところで触れ合っているような気がする。

いつも薫は一方的に乱され、追い詰められてばかりだが、不思議と自分だけが身体や心を暴かれているようには思えなかった。エドガーからもなにかが流れ出し、それが薫に伝わってくる。その「なにか」の正体はわからないけれど、薫には馴染《なじ》みのあるもののように思えた。それを感じるたびに、快楽だけじゃなく精神的ななにかをエドガーと共有しているような気持ちになり、その感覚が心地好《ここちよ》くて癖になりつつあるのかもしれない。

それはおそらく薫の錯覚《さっかく》なのだろう。けれど、抱き合っていると互《たが》いの欠けた部分を埋《う》め合えるような一体感があり、なぜだか身体だけでなく心まで満たされるような気がしてしまう。

――嫌《いや》だな。恋人《こいびと》同士でもないのに。

薫は無意識に眉根《まゆね》を寄せた。

そもそもエドガーと薫の間には精神的な繋《つな》がりなど欠片《かけら》もない。主従としての信頼《しんらい》関係さえまともに築けていないのだ。エドガーにとって薫はいつでも解雇《かいこ》できる使用人であると同時に、性的な欲望や征服《せいふく》欲、独占《どくせん》欲を満たすための都合のいい道具に過ぎない。薫にしても、伯爵《はくしやく》家に紹介《しょうかい》される直前までは新しい主人に真面目《まじめ》に仕《つか》える心積もりでいたけれど、今は侯爵《こうしやく》家の面目を保ちたい一心で首を切られないよう必死に仕えているだけだ。

それなのに、なぜこんなことになってしまったのだろう?

どうしてエドガーはあんなふうに自分のことを抱くのだろうか。

エドガーのセックスは自分勝手なのに、酷《ひど》く甘い。愛撫《あいぶ》は執拗《しつよう》なほど丁寧《ていねい》だし、薫が達するとその後で甘やかすようなキスをたくさんくれる。彼が最後を迎《むか》えるときは、必ず強く抱き締《し》めてくる。まるで本当の恋人を相手にしているかのように。

初めて抱かれた夜の記憶《きおく》は途中からすっぽり抜《ぬ》け落ちていたが、きっとあの夜もそうだったのだろう。たぶん薫の身体はそうされたことを覚えていて、無意識にそれを追い求め、だから二度目にベッドに引きずり込まれたときも抵抗しきれず、押し流されてしまったのだ。

その甘美《かんび》な呪縛《じゅばく》は回数を重ねるごとに甘さを増して、より深く薫を搦《から》めとる。

──悪循環《あくじゅんかん》っていうか……なんだか弱みを握《にぎ》られた気分だ。

『アンダー・ザ・ローズ』──ふたりの最初の夜となったあのレセプションのコンセプトは、今となっては実に皮肉だ。その言葉の意味する通り、あの夜から誰にも知られないように密かに関係が続いている。

薫はふと、エドガーの寝室の絵皿を思い起こした。未《いま》だに来歴のわからない絵皿に描《えが》かれている匂菫《においすみれ》は、薔薇《ばら》の下に咲《さ》いている。美しいのに、見ているだけで妙《みょう》に切なくなる理由は使われているモチーフが作者の気持ちを表しているせいだろうか。

アンダー・ザ・ローズには「密かに」とか「内緒《ないしょ》で」とか、そんなふうな意味があるし、匂菫の花言葉は秘密の恋《こい》だ。

「誰にも言えない秘密の恋、か。これじゃ昔とそっくりだ」

溜め息と共に呟《つぶや》いた薫は、直後、自分の言葉にぎくりとした。

『──もう遊びは終わりにしよう』

優《やさ》しげな男の声と、闇《やみ》を埋めるように舞う雪のイメージが閃《ひらめ》くように浮《う》かび上がる。

それは過去の記憶だった。七年も前の、消したくても消えない失恋《しつれん》の記憶だ。

一生、誰も好きにはならない。そう決めている薫だが、過去にひとりだけ、自分の一生を捧《ささ》げてもいいと思うほど好きになった人がいた。

相手は七つ年上の男性で、名を松雪孝司《たかし》といった。父方の従兄《いとこ》だ。

十歳の頃《ころ》に交通事故で両親を亡くした薫は、有名な老舗《しにせ》旅館『松乃屋《まつのや》』を営む伯父《おじ》夫婦に引き取られた。突然《とつぜん》独りぼっちになった薫の寂《さび》しさをなにかと気遣《きづか》ってくれたのが孝司だった。

孝司はお洒落で恰好良くて、勉強やスポーツはもちろん、なんでもできる人だった。優しくて、いつも穏《おだ》やかな人好きのする笑顔を浮かべており、人に嫌《きら》われる要素がなく、事実誰からも好かれていた。そんな年上の従兄に薫は幼い頃から憧《あこが》れていた。

伯父の家に引き取られてからは、その気持ちはいっそう強くなった。寂しさと心細さに震《ふる》えていた薫を優しく包んでくれたのは、忙《いそが》しい伯父夫婦ではなく孝司だったからだ。父のようで兄のようで友達のようで、そのどれでもない孝司が、薫にとって世界で唯一《ゆいいつ》の人になるのにそれほど時間はかからなかった。

幼い憧れが恋心《こいごころ》に変わり、自覚した薫が忘れよう、堪えようとすればするほど思いは募《つの》り、とうとう抑《おさ》え切れなくなって告白したのが高校に入学した春のことだ。

『可愛《かわい》いな、薫は』

玉砕覚悟《ぎょくさいかくご》の告白の後、独り言のように呟いた孝司にキスをされ、そのまま抱かれて薫は有頂天になった。まさか自分の気持ちを受け入れてもらえるとは思っていなかったのだ。

降って湧《わ》いたような幸福感に目が眩《くら》み、孝司が伝統と格式ある老舗旅館の跡取《あとと》り息子《むすこ》であることや、自分が居候《いそうろう》だという現実を薫は忘れてしまった。

馬鹿だったのだ。

かつての自分を顧《かえり》みるたび、頭のどこかが痺《しび》れるように冷たくなる。

同性同士の恋など真剣《しんけん》にするものじゃない。ただえさえ先のない関係だ。本気になったら、疎《うと》まれて捨てられる。それは当然のことなのだ。

高校三年の冬、薫はそれを孝司から学んだ。

『――遊びは、そろそろ終わりにしよう』

『遊び……？』

思いがけないことを言われて、驚《おど》くよりもただきょとんと目を丸くした薫を、孝司は柔《やわ》らかな眼差《まなざ》しで見下ろしていた。

『そうだよ。薫は美人で色っぽいし、俺のことを可哀相《かわいそう》なくらい一途《いちず》に好きでいてくれたから、ついずるずるとここまで付き合ってしまったけど。これ以上真剣になられるのは正直、とても困るんだ。薫も知って……いや、知らなかったかな。俺が六月に結婚《けっこん》するってこと』

瞬間《しゅんかん》、世界は色を失《な》くし、あらゆる音が消えたと思った。けれどそれは錯覚に過ぎず、薫はあのとき舞っていた雪の白さも、嫌だと叫《さけ》んだ自分の声も、静かに首を振った孝司の眼差しの柔らかで残酷《ざんこく》な色みさえ、鮮明《せんめい》に思い出すことができる。

『遊びとはいえ従兄弟で、しかも男同士で付き合っていたなんてバレたら外聞が悪いだろう？立場もあるし』

立場とはなんだろう。薫が親もいない居候の身だったのに対し、孝司は大事な跡取り息子だということか。

『薫が彼女に告げ口するなんて思っているわけじゃないんだ。でも、くだらないことを耳に入れて彼女を煩《わずら》わせたくない。だから、悪いけど――』

くだらないこと。そんな言葉で自分達の関係を切り捨てた孝司は少し困ったような、けれど罪悪感のかけらもない柔和《にゅうわ》な微笑を浮かべ、更《さら》なる刃《やいば》を振《ふ》り下ろした。

『――高校を卒業したら、出て行って欲しい』

「……っ」

あの言葉を思い出すと、今も身が竦《すく》む。

薫は中学生の頃から旅館の雑用を手伝っていた。外国人の宿泊客《しゅくはく》にも居心地よく過ごしてもらえるようにと英語の勉強も必死でした。薫のことをとても可愛がってくれたアーリントン卿《きょう》とナイジェルが春と夏には必ず長期滞在《たいざい》したからクイーンズ・イングリッシュを身につける機会にも恵《めぐ》まれた。そうして旅館の仕事を少しずつ覚えていったのは、自分を引き取ってくれた伯父夫婦に対する恩返しの気持ちもあったけれど、なにより孝司の傍にいたかったからだ。

思いがけず孝司と付き合うことになってからは、恋人であることを公《おおやけ》にはできなくても一生彼を支えていけたらそれでいいなんて、夢のようなことを考えていた。

愚《おろ》かなのにも程がある。

孝司がいずれ、しかるべき女性を妻に迎えることはわかりきったことだったのに、初めての恋に夢中だった薫にはなにも見えてはいなかったのだ。

同情で付き合ってもらっていたことも、ただ遊ばれていたのだということも。

親のない居候の身で、身体《からだ》目当ての馬鹿《ばか》な男ばかり惹《ひ》きつけてしまう自分なんかに、本気で愛される価値があるはずはなかったのに。

薫は細く息をつき、翳《かげ》の落ちた黒い瞳《ひとみ》を青ざめた瞼《まぶた》で静かに覆《おお》った。

――もう二度と、あんな馬鹿な真似はしない。

同性の、しかも立場や身分の違《ちが》う相手に恋などしない。それ以前に、誰のことも好きにはならない。恋愛《れんあい》なんて、くだらない茶番だ。

確かに今の状況《じょうきょう》はあの馬鹿げた初恋《はつこい》のそれと似ているけれど、決定的な違いがある。

薫とエドガーの間には恋愛感情がまったく存在しないことだ。

エドガーにとっては遊びなのだと薫は最初から承知しているし、自分の気持ちも彼にはない。

それ以前に彼は貴族で自分は執事《しつじ》だ。身分の差は歴然としており、貴族であるエドガーがいずれ名家の令嬢《れいじょう》を妻として迎えることはわかりきったことである。

――大丈夫《だいじょうぶ》。ちゃんとわかってるから、俺は間違《まちが》えたりしない。

たとえエドガーがどれほどベッドで甘く振る舞《ま》っても、彼に抱《だ》かれることで寂しい心がどれほど満たされ癒《いや》されても、勘違《かんちが》いしたりほだされたりはしない。絶対に。

薫はすっと目を開けた。翳りは瞳の奥に沈《しず》み、硬質《こうしつ》な意志の光だけがその表面を覆っている。

「時間だ。行かなきゃ」

意識を切り替《か》え、朝食の給仕のために薫は食堂へ向かった。

＊

木曜日の午後。

薫はナイジェルに誘《さそ》われて、ノッティング・ヒル・ゲート駅から程近いレストランで彼とランチを共にした。

互《たが》いに近況《きんきょう》を報告し合ったり、冗談《じょうだん》を言い合ったりして楽しい時間を過ごした後、薫はナイジェルと別れ、本屋を覗《のぞ》いたりプライベート用の紅茶を幾《いく》つか購入《こうにゅう》したりと、久々に羽根を伸《の》ばすことができた。そして晴れ晴れとした気分で帰宅したのだが、

「どこへ行っていた」

帰ると同時に不機嫌《ふきげん》なエドガーに捕《つか》まってしまい、せっかく解《ほぐ》れていた気持ちは瞬《また》く間に硬《こう》化《か》した。

「なにか御用《ごよう》でしょうか？　今日はわたしは休暇《きゅうか》をいただいておりますが」

「おまえ、もう俺以外からの電話には出るな」

薫の言葉には耳も貸さず、書斎《しょさい》へ引きずり込んだかと思うとエドガーが唐突《とうとつ》に命じてきた。

「は……？」

今度はまたなにを言い出したのかと薫は思わず首を捻《ひね》った。

エドガーには、怒《いか》りや苛立《いらだ》ちが高じると途中《とちゅう》経過をすっぱり飛ばして結論だけを伝えてくるという悪い癖《くせ》がある。今もそうで、薫には彼の真意がさっぱり掴《つか》めない。ただ、途中経過や事情はどうあれ頷《うなず》ける内容でないことは確かだ。

「それでは職務に差し支《つか》えます」

薫が命令を退《しりぞ》けると、エドガーが眼差しを鋭《するど》くする。

「今でも支障だらけのはずだ」

なんのことか訳がわからず、薫は首を傾《かし》げた。すると、薫が黙《だま》ったほんの数秒で痺れを切らしたらしく、エドガーが苛々と言葉を継《つ》ぐ。

「おまえ、うちの秘書に便利に使われていただろう」

「便利……？」

薫はますます首を傾《かたむ》けた。打ち合わせやスケジュール確認《かくにん》のためにエドガーの秘書たちと頻《ひん》繁《ぱん》に連絡《れんらく》を取ってはいるが、別に使われた覚えはない。

なんのことだろうかと少し考え、あ、とひとつ思い当たった。

エドガーの秘書のひとりから、国外の会社や資産家などの資料を集められないかと助力を請《こ》われたことがあったのだ。

その秘書は短時間で資料を揃《そろ》えろとエドガーに命じられたらしかった。しかし聞いたことのない企業《きぎょう》名や個人名がいくつかあり、その中には通常の手順で調べただけでは詳細《しょうさい》のわからないものもあったようで、途方《とほう》に暮れたその秘書は、外国人なら別の伝手《つて》があるのではと藁《わら》にも縋《すが》る思いで薫に連絡してきたのだ。

薫が以前勤めていたホテルは国賓《こくひん》クラスの人々を始め、各界の重鎮《じゅうちん》や有名人が好んで宿泊していたため、一般《いっぱん》人の常識をはるかに超《こ》えた無茶な要求を突《つ》きつけられる機会が多々あった。それらに対応するために、様々な情報の入手経路や優秀《ゆうしゅう》なリサーチ会社などのリストが薫の頭には大量に詰《つ》め込まれている。

一度、その秘書のために知識の一部を活用したら、彼はなにか困ったことがあると連絡してくるようになった。薫はその都度協力していたのだが、それが裏目に出たのだろうか。

「お役に立てたらと思ったのですが、却《かえ》ってご迷惑《めいわく》だったのでしょうか?」

もしや自分がなにかミスをして秘書を窮地《きゅうち》に立たせたのではと、心配になった薫はエドガーをひたと見上げた。だが、それは杞憂《きゆう》だったようだ。

エドガーは胸の前で腕《うで》を組み、憮然《ぶぜん》として首を振った。

「俺が言っているのはそういうことじゃない。おまえの職業はなんだ」

「執事です」

「どこの執事だ」

「スタッドフォード伯爵《はくしゃく》家の執事です」

「だったら俺以外の人間に仕《つか》える理由はないはずだ」

違《ちが》うか？　と皮肉たっぷりにエドガーが片眉《かたまゆ》を引き上げる。

そうして彼の不機嫌の理由が明らかになると、あぁまたか、と薫は思わず大きな溜《た》め息をついてしまいそうになった。

エドガーにはどこか子供じみた独占欲《どくせんよく》がある。主人を差し置いて、他《ほか》の人間に先に素顔《すがお》を見せたとか笑いかけたとか、そんなことで機嫌を損ね、そこキスをしてきたり身体を奪《うば》ったりするような男だ。自分の屋敷《やしき》の執事が他人に、しかも自分の部下に使われているなど我慢《がまん》できないことなのだろう。或《ある》いは、伯爵家の執事が一般人に顎《あご》で使われるなど、家の体面に関《かか》わると思っているのかもしれない。

「わかったら秘書の仕事を奪うな。余計な口出しだ。おまえはおまえの仕事をしろ」

「かしこまりました」

電話を受けるか受けないかはさておき、頼《たよ》られたからといって秘書の仕事に口を出したのは確かに余計で、差し出がましいことだった。そこはエドガーの言う通りなので、薫は自分の非を認めた。だが、彼がそうまで言うのなら薫にも言わせて欲しいことがある。

「今後、会社のことに口出しをするのは控《ひか》えるようにいたします。ですがマイ・ロード、そこまでおっしゃるのでしたら、わたしの携帯《けいたい》を鳴らす人間を減らす努力をしてください。随分《ずいぶん》少なくなったとはいえ、未《いま》だに貴方の遊び相手がスタッドフォード卿《きょう》に繋《つな》いで欲しいと電話をかけてくるので困っています」

助力を請うてくる秘書よりも、こちらのほうがよほど仕事に障《さわ》りがあるのだ。しかし、そう訴《うった》えた途端《とたん》、エドガーがにやりとした。

「なんだ、妬《や》いたのか？」

「ご冗談を」

薫は冷淡《れいたん》に切り返したが、胸の奥でなにかがぎくりとしたのに気づいた。

——え？　なに、今の。

鼓動《こどう》が少し速くなったが、今の言葉のどこに動揺《どうよう》する要素があったのか、薫にはさっぱりわからない。

まさか彼の言う通り、嫉妬《しっと》したわけじゃあるまいし——と、そう思った瞬間《しゅんかん》、いきなり胸が騒《さわ》ぎ始めた。今の会話や嫉妬などとはどう考えても繋がらないはずの疑問が浮上《ふじょう》してきて、そのことを考えると和紙に落とした墨《すみ》のように嫌《いや》な感情がじわりと広がっていく。

——いや別にこれは嫉妬じゃなくて、ちょっと気になるだけなんだけど。

心の中で誰にともなく言い訳をしながら、薫はエドガーを盗《ぬす》み見る。

——この人……誰にでもああなのかな。

彼は一晩の遊び相手にも、自分を抱《だ》くときのようにキスをしたり抱き締《し》めたりするのだろうか。もし、そうだとしたら……。

——だったら、どうだっていうんだ。

胸がちくりと痛んだ気がしたが、くだらない、と薫はすぐさまその考えを打ち捨てる。と、そのとき思考を完全に遮断《しゃだん》するかのようにプライベート用の携帯電話《けいたいでんわ》が着信を知らせた。

「——あ。ナイジェルさまだ」

さっき別れたばかりだが、ナイジェルのことを思うと懐《なつ》かしさに似た安堵《あんど》感《かん》が込み上げる。どこか救われたような気持ちになって、通話ボタンを押しながら足早に退室しようとすると、

「出るなと言っただろう」

「あっ!?」

エドガーに携帯電話を奪われた。

「ちょっと、なにをするんです!?　返してください、それはプライベートの……!」

「いいから、おまえは黙ってろ」

顔を上げられないように片手で頭を押さえられてしまい、エドガーが放った高圧的な第一声を薫は彼の足元を睨《にら》んだままで聞かされることになった。

「これになんの用だ」

『やあ、エドガー。随分と機嫌《きげん》がいいようだね』

ナイジェルの笑い声が聞こえた。直前のふたりの攻防《こうぼう》は筒抜《つつぬ》けだったようだ。薫はじたばた

するのを止めて、漏《も》れ聞こえてくるナイジェルの声にじっと耳をそばだてる。

「俺の機嫌などどうでもいい。なんの用だと聞いているんだ」

『きみには別になんの用もないが？』

「そうか。なら切る」

『わかったよ。そう苛々しないでくれ。電話をかけたのは、薫が書店に寄ると言っていたのを思い出したからなんだ。もしまだ書店にいるのなら、ついでに僕の探している本があるかどうか確認《かくにん》してくれないかと頼《たの》みたかった。それだけだよ』

なにがそれだけだ、とエドガーの声が険を含《ふく》む。

「忘れたか？　他ならぬ侯爵《こうしゃく》家のご意向により、これはうちの執事《しつじ》になったんだが」

『もちろん覚えているよ』

「だったら本屋くらい自分で行け。俺の許可なくこれを使うな、主人気取りで気安く電話をかけてくるな。不愉快《ふゆかい》だ」

叩《たた》きつけるようにそう言うと、エドガーは通話を切ってしまった。あっ、と薫は抗議《こうぎ》の声を上げたけれど、もう遅《おそ》い。

――なんで勝手に切るんだ。俺にかかってきた電話なのに。

薫は唇《くちびる》を引き結んだ。が、不満を飲み込むことはできても、勝手に電話に出られた挙げ句、一言の会話も許されないまま通話を切られた腹立たしさは簡単に消えるわけがない。頭を押さえつけていた圧迫感《あっぱくかん》がなくなり、顔を上げた薫の瞳《ひとみ》が反抗的《はんこう》にきらめいた。

「……なんだ。電話に出るなとおっしゃったのは、貴方の方こそ妬いているというわけですか」

軽く伏《ふ》せた瞳に抑揚《よくよう》のない声、いつもと変わらぬ無表情で薫は聞こえよがしに呟《つぶや》いた。冷ややかな揶揄《やゆ》は、もちろん本気ではない。エドガーの身勝手な振る舞《ふま》いに対する意趣返《いしゅがえ》しだ。

「馬鹿《ばか》言うな。誰が妬くか」

顔を顰《しか》めたエドガーにほんの少し溜飲《りゅういん》を下げていると、携帯電話を投げ返された。

「ついでにこれをやる。つけておけ」

続けて小さなものが飛んでくる。それはスタッドフォード伯爵家の紋章《もんしょう》の入った小さな美しい記章だった。侯爵家では記章を身につけることはなかったから、これは伯爵家独自の習慣なのかもしれない。

——ということは、もしかしてこれは執事として認められた証《あかし》？

もしそうなら今の意地悪は水に流してもいい、と薫はかすかな期待を胸に目を上げた。

「あの、これは——」

「電話には出るな」

記章の意味を尋《たず》ねようとした矢先にエドガーが話を振り出しに戻《もど》したので、薫の中の小さな期待はたちまち苛立《いらだ》ちに塗《ぬ》り潰《つぶ》された。むっとして言い返す。

「それはできません。職務に支障をきたすと先ほど申し上げました」

「いいから出るな。腹が立つ」

そう言い捨てたエドガーは宙を睨み、なにか難しい問題に直面したかのように眉間《みけん》に皺《しわ》を刻んでいる。

「最近、おまえが他の人間と話したり笑ったりしているのを見ると、これまで以上に不愉快だ。我慢ならない。どういうわけか苛々する」

エドガーは独りごち、再び薫を睨むように見た。

「そういう訳だ。とりあえずおまえは俺以外の人間と会うな。話すな。笑いかけるな」

「……は？」

思いがけないエドガーの主張に、薫はしばし唖然《あぜん》とした。

たった今、妬いていないとエドガーは言明したばかりだ。もちろん、それはそうだろう。自分など、彼にとっては星の数ほどいる遊び相手より価値の低い玩具《おもちゃ》に過ぎず、薫もそれを承知の上でエドガーをからかったのだ。

――でも、今のはなんだか物凄《ものすご》く……。

嫉妬しているのだと、わかりやすい言葉で表現されたような気がする。

呆気《あっけ》に取られて険しい表情を見上げていると、エドガーがじろりと睨み下ろしてきた。

「なにを見ているんだ」

「あ、いえ」

慌《あわ》てて目を伏せながら、もしかしたら無自覚の嫉妬なのだろうかと薫は密《ひそ》かに考えた。そうでなければ恥《は》ずかしげもなくあんな言葉を堂々と口にできるはずがない。

——いや、でも無自覚なんて馬鹿みたいなこと、この年になってあり得ないし。

やはり例の独占欲《どくせんよく》からそんなことを言っているのだろう。自分のものは人に取られるのはもちろん、貸し出すだけでも嫌なのかもしれない。それはとても納得のいく答えだ。

疑惑《ぎわく》が解消してほっとしつつも、胸のどこかでなんとなく薫が落胆《らくたん》したとき、今度は来客を報《しら》せるベルが鳴った。

「あ、お客様が……」

「おまえはいい」

習慣で玄関《げんかん》へ向かいかけた薫をエドガーが制止した。

「誰が来たのかはわかっている。おまえは出るな。ここにいろ」

薫を押しのけるようにしてエドガーが足早に書斎《しょさい》を出て行く。その様子に胸騒《むなさわ》ぎがして、薫はとっさに後を追った。見間違《みまちが》いでなければ、脇《わき》を擦《す》り抜《ぬ》けたエドガーの横顔は今までのような単なる不機嫌では済まされない、尋常《じんじょう》ならざる苛烈《かれつ》な怒《いか》りに彩《いろど》られていたのだ。

「来るなと言っただろう。同じことを何度も言わせるな」

「ですが、見過ごしてはならないような気がします」

上手く言い表せない漠然《ばくぜん》とした不安が胸に立ち込めて、薫は今更《いまさら》、気がついた。

——どうしてこんなに早い時間に、この人が帰宅しているんだ。

まだ三時過ぎだ。まさか薫に文句を言うために帰ってきたわけではないだろう。

——なら、なんのために？

エドガーは誰が来たのかはわかっていると言った。それなら早過ぎる帰宅の理由は、今ベルを鳴らした客にあるはずだ。しかしエドガーの様子では、相手は招かれざる客といった感じだ。

青白い怒りを纏《まと》った背中を薫は急いで追いかけた。しかし、こういうときには体格の差が歩《ほ》幅《はば》やスピードの差となって如実《にょじつ》に表れる。薫が階段の半ばに差し掛《か》かったとき、エドガーは既《すで》に玄関の扉《とびら》に手を掛けていて、従僕《じゅうぼく》に脇にいるように合図をすると彼は自らドアを開いた。

「あ、」

ドアの向こうにはダニエルがいた。目が合い、薫は身を強張《こわば》らせ、それを見たダニエルが必死の表情で口を開く。

「カオル！　聞いてくれ、きみに謝りに来たんだ……！」

「今更だ」

短く言い捨て、エドガーがダニエルの肩《かた》を突《つ》き飛ばした。ダニエルが後ろへよろめき、薫の視界から消える。

「あ、あの……っ」

「おまえは出てくるな」

玄関ホールに降りてきた薫がなにか言う前にエドガーが制し、「執事を押さえておけ」と従僕に命じる。「え、いいんですか⁉」と驚《おどろ》いた従僕を一睨《ひとにら》みで黙《だま》らせて、彼は外に出ると扉を閉めてしまった。

「お待ちください、なにをなさるおつもりです⁉」

「うわ、ちょ、ちょっと落ち着いてください！」

物騒《ぶっそう》な気配を感じた薫は、エドガーを追いかけようと必死になって抗《あらが》った。だが、長身の若い従僕に力任せに羽交《はが》い締《じ》めにされてはどうしようもない。

抵抗《ていこう》を諦《あきら》めると、薫の耳はエドガーとダニエルの言い争う声や、外から近づいてくる数人分の足音を捉《とら》えた。エドガーが何事かを命じると、誰彼構わず口汚《くちぎたな》く罵《ののし》るダニエルの声が引き摺《ず》られるようにして遠ざかっていく。

やがて戻ってきたエドガーの合図で従僕の拘束《こうそく》から自由になると、薫はなんとも言えない表情でエドガーを見上げた。

「被害者《ひがいしゃ》のわたしならともかく、なぜ貴方がそんな態度を？　仮にもご兄弟でしょう」

珍《めず》しく感情をあらわにした薫をしばらく黙って見つめた後、

「――書斎へ来い」

エドガーが顎《あご》をしゃくった。

「大方のことは知っているだろうが——」

メイドが運んできた紅茶のカップが二客載《の》ったテーブルを挟《はさ》み、エドガーと薫は向かい合って座っている。

カップから立ち上る湯気を目で追うエドガーの話に、薫は耳を傾《かたむ》けた。

「我が伯爵《はくしやく》家の家族は不仲だ。義母と彼女の息子ダニエルと、俺との不仲は二十年越しだ」

その原因は色々ある。そのひとつは父親である十一世スタッドフォード伯爵がエドガーの母と結婚《けっこん》した当初から愛人を囲っていたことだろう。

エドガーの母は気丈《きじょう》だったが身体《からだ》が弱かった。家庭を顧《かえり》みない夫の冷たさは愛する我が子を慈《いつく》しむことで乗り越えられたが、出産が彼女の寿命《じゅみょう》を縮めてしまった。

エドガーが五歳になる前に母は亡くなり、それから一年も経《た》たないうちに父は愛人と再婚《さいこん》して、義母とふたりの子供が屋敷《やしき》にやってきた。ふたりの子供のうち上の男の子がダニエルだ。

生母を亡《な》くしたエドガーは新しい母親と兄弟を得たが、正妻の子と、元は愛人とその子供という間柄《あいだがら》では互《たが》いに反感を抱《いだ》きこそすれ、歩み寄れるはずがない。

しかも驚いたことにエドガーとダニエルの年の差はわずか五ヶ月だった。エドガーのほうが先に生まれたとはいえ二人は同じ年齢《ねんれい》だったのだ。

それがふたつめの原因になったと、エドガーは淡々《たんたん》と続けた。

「あの女はアメリカ人で、この国では貴族は当主とその長男のみという制度を認められなかったようだ。貴族といっても名ばかりで特権などひとつもないのに、どうしても我が子に爵位《しゃくい》を与《あた》えたかったらしい」

厳密に言えば爵位は当主だけのもので、父親が亡くなるまでは長男も法的には貴族ではない。けれど長男は名目上、父親の二番目の爵位を名乗るという慣例がある。

わずか五ヶ月の差でエドガーは子爵《ししゃく》を名乗ることを許され、家や財産を相続する権利が認められていた。それに対し、次男のダニエルは爵位はおろか財産を分けてももらえない。義母はそれが許せなかったのだ。

「彼女の不満は俺に向けられた。暴力を振《ふ》るわれ、食事を抜かれ、まあ一通りの虐待《ぎゃくたい》は受けた。ダニエルも調子に乗って色々と嫌《いや》がらせをしてきたが、奴《やつ》は昔から馬鹿《ばか》だったからな。大した被害《ひがい》は受けなかったし、報復は倍返しにした。互いの憎悪《ぞうお》を膨《ふく》らませるには願ってもない環境《かんきょう》だったわけだ」

「そんな……お父上はどうなさっていたのです？」

ダニエルはともかく、義母は大人《おとな》だ。幼いエドガーには対抗《たいこう》できなかっただろうし、屋敷の女主人のすることならば使用人も止められなかったはずだ。唯一《ゆいいつ》エドガーを助けられる立場にいた父親は、跡取《あとと》り息子《むすこ》が虐待されていることに気づかなかったのだろうか。

エドガーは灰色の瞳《ひとみ》に強烈《きょうれつ》な侮蔑《ぶべつ》の光を浮《う》かべ、右の口角を吊《つ》り上げた。

「面倒《めんどう》なことには関《かか》わりたくなかったんだろう。あの男は別の愛人に家をあてがい、そこに入り浸《びた》っていた」

生命の危機にまで追い詰《つ》められていることに気づき、危《あや》ういところでエドガーを救ったのは父親ではなくその友人、アーリントン侯爵《こうしゃく》だった。

エドガーは手酷《てひど》く痛めつけられた身体を侯爵の庇護《ひご》の下で癒《いや》した。その後数年を侯爵家で過ごしたが、このままでは義母とダニエルに家を乗っ取られてしまうとエドガーは次第《しだい》に危機感を強めた。屋敷には母が結婚したときに持ち込んだ品々があったのだ。それを義母の好きなようにされるなど、許せない。

エドガーは殺伐《さつばつ》とした屋敷へ戻《もど》った。屋敷での生活は凄惨《せいさん》を極《きわ》め、学校では貴族の子息とは思えないほど荒《すさ》んでいたエドガーを生徒達は遠巻きにしていた。パブリックスクールでエドガーの周囲にいたのは、由緒《ゆいしょ》ある伯爵家のお家騒動《いえそうどう》を面白《おもしろ》おかしく囃《はや》し立てる者か、美術界に強い影響力《えいきょう》を持つ伯爵家におもねる者かのどちらかだ。それ以外の生徒達はエドガーの無愛想《ぶあいそう》で不遜《ふそん》な態度に反発していた。そんな環境だったから、エドガーは誰も信用しなかった。当時かろうじて友人と言えたのは、聡明《そうめい》で裏表なく思ったことを口にするアーリントン侯爵の長男ナイジェルくらいだった。

「諍《いさか》いは父が死ぬまで続いた。その後、俺は自分の当然の権利として爵位と財産を受け継《つ》いだ。

それが腹に据《す》えかねたのか報復を恐《おそ》れたのかは知らないが、義母は必死でしがみついていたこの屋敷から逃《に》げ出した。今はパリにいる。だが、ダニエルはロンドンに残った」

あれはフランス語がまったく出来ないからな、と鼻で笑う。

エドガーはなんでもないことのように淡々と語っていたが、そのあまりに痛ましい内容に薫はどんな顔をすればいいのかわからなかった。これではダニエルに対するあの態度も当然だ。

「ダニエル卿《きょう》はキングス・ロードで画廊《がろう》を経営なさっているとか」

「あんなもの、もう潰《つぶ》れたも同然だ」

エドガーの瞳を物騒な光が過《よぎ》った。

「これまで奴は、義母が密かにこの屋敷から持ち出した名画を売り捌《さば》いていた。それを買い上げていたのは俺だ。気づかれないように代理人を立ててな。だが、その絵も底をついた。すべて買い戻したから俺はもう奴の画廊に用はない。その結果、奴が顧客《こきゃく》だと思い込んでいる人間からの連絡《れんらく》はすべて途絶《とだ》えた」

それを知らないダニエルは、ストックがなくなる前に独自に絵を入手しようと有名作家らに連絡を取ろうとした。しかし彼はスタッドフォード伯爵家の人間とは思えないほど芸術に疎《うと》く、教養がなかった。それでなぜ画廊を経営しようと思ったのかといえば、単に貴族階級出身の若者がつく職業としてはなかなか様になるというだけのことだ。

結局ダニエルは名のある作家には相手にされず、才能ある若手を発掘《はっくつ》することもできず、コレクターの信用もなければ優《すぐ》れた企画《きかく》を立てる能力もなく、画廊は開店休業に追い込まれた。

「その挙げ句、奴は上手い話に乗せられて贋作《がんさく》を摑《つか》まされた。少しばかり見る目があれば、すぐにわかる粗悪《そあく》なものだったらしい。その結果、奴の許《もと》には莫大《ばくだい》な借金だけが残った」

別にエドガーが罠《わな》に嵌《は》めたわけではない。彼はただ、自分の屋敷から無断で持ち出された絵を買い戻していただけだ。ギャラリストとして身を立てるだけの力も才覚もないダニエルがいずれ自滅《じめつ》することは目に見えていたので、わざわざ手出しをするまでもなかった。

「だが、ダニエルは想像以上の愚《おろ》か者だった」

苦虫《にがむし》を嚙《か》み潰したような顔でエドガーが呟《つぶや》いた。

騙《だま》されて贋作を摑まされ、多額の負債《ふさい》を抱《かか》え込んだダニエルは、起死回生を狙《ねら》ってこの屋敷の隠《かく》し財産を探しはじめたのだ。

「昔、使用人から聞いた確かな話だと主張しているが、奴の言う高価な隠し財産とやらは存在しない。この屋敷にも、スタッドフォードの別宅にもだ。だが、俺の言うことなどあれは信じないからな。ないものを探して度々《たびたび》屋敷に忍《しの》び込むようになった」

薫ははっと目を瞠《みは》った。

「では今日、それに先日も早くお帰りになったのは、ダニエル卿がお屋敷にいらしたから……ダニエル卿の動向を監視《かんし》なさっていたのですか？」

そうでなければダニエルが屋敷に忍び込んだことや、今日訪ねてくることをエドガーが知っているはずはない。

「さすがに二度目とあっては愚鈍《ぐどん》なあれでも気づくだろう。今後は動きが摑みづらくなるかもしれないが、それについては既《すで》に幾《いく》つか手を打ってある」

そんな台詞《せりふ》で薫の質問を肯定《こうてい》したエドガーは、紅茶のカップに口をつけ、ぬるくなったそれに眉《まゆ》を顰《ひそ》めると受け皿に戻した。

「そういうわけだ。おまえがどんなに悲痛な顔をしても、ダニエルとは和解のしようがない。それに他人の心配をしている場合じゃないぞ。奴はおまえに目をつけた」

急に話の矛先《ほこさき》を向けられ、薫は目を瞬《またた》かせる。

「奴はおまえに個人的な興味がある。そこにもうひとつ、別の目的が付随《ふずい》していたようだ」

「別の目的？」

「奴がおまえに手出しをしたのは、まず個人的な興味からだっただろう。その後、自分の側へ抱き込んで隠し財産を探させることを思いついた。執事《しつじ》なら、屋敷のどの部屋にでも入り込めるし怪《あや》しまれることもないからな。そのために、とりあえずおまえを抱いて自分に惚《ほ》れさせるか、それが無理なら映像にでも記録して、それをネタにおまえを利用する算段だったんだろう。今日謝罪に来たのも、目論《もくろ》みは失敗してもおまえの心証さえ悪くしなければまた隙《すき》を狙うことができると踏《ふ》んだからだ」

下種《げす》が、とエドガーが吐《は》き捨《す》てる。思いがけないことを聞いて、薫は驚《おどろ》き、怖《こわ》くなった。

「そんな……そんな方だとしたら、もしかしたらダニエル卿はいずれ貴方に直接手出しをしてくるかもしれません」

今日、エドガーはダニエルを手酷く追い返している。あのレセプションのときの様子からしてダニエルは決してプライドの低い男ではないだろう。仕返しを企《たくら》んでもおかしくない。多額の負債を抱えているなら尚更《なおさら》だ。切羽詰《せっぱつ》まってなにをするかわからない。

「貴方が心配です、マイ・ロード。わたしはなにかお役に立てますか？」

薫がエドガーをまっすぐに見つめると彼は一瞬《いっしゅん》、驚いたように目を見開き、すぐにいつもの皮肉な笑《え》みを浮かべた。

「珍《めずら》しくストレートな物言いだな。惚れたか」

「こんなときに冗談《じょうだん》はおやめください。本当に心配なんです」

「心配？　同情の間違《まちが》いじゃないのか」

口元の笑みはそのままに、灰色の瞳が温度を下げて薫を睨《にら》みつけてくる。

こういう表情に、薫はとても馴染《なじ》みがあった。あの手酷い失恋《しつれん》以来、自分にもこういったところがあるからだ。

本当は寂《さび》しくて、誰かに傍《そば》にいて欲しいのに素直《すなお》にそう言えなくて、けれどいざ傍にいてくれそうな人が現れるとそれは本心なのかと疑ってしまう。信じて、裏切られるのは怖いからだ。同情されるのもプライドが許さない。可哀相《かわいそう》だと思われるなんて真っ平だ。だからつい、誰かが手を差し伸《の》べてくれると、その手を取るより先に必ず威嚇《いかく》するように睨んでしまう。自分などよりはるかに辛《つら》い思いをしてきただろうエドガーのことを、簡単に理解できるとは思わない。けれど、ほんの少し、薫には彼の痛みがわかるような気がした。

──この人のことを、守りたい。

そんな思いが胸の奥から込み上げて、信じて欲しいと願う気持ちが薫の瞳に表れる。

「同情ではありません。わたしは伯爵《はくしゃく》家の執事です。誰かがご当主である貴方を傷つけようとするのなら、わたしがお守りいたします。必要としてくださる間は、ずっと。貴方が邪魔《じゃま》だとおっしゃるまでお仕《つか》えしたいと思います」

薫が静かにそう伝えると、真偽《しんぎ》を見極めるかのようにエドガーが無言で見据《みす》えてきた。錐《きり》のように鋭《するど》い視線は、まるで薫の瞳を穿《うが》ち、そこから本当に心の奥まで見通しているかのようだ。

その眼差《まなざ》しを受け止めているうちに、エドガーとの心の距離《きょり》がだんだんと近づいていくような気がした。そのまま重なるのではと錯覚《さっかく》しそうになったとき、エドガーが組んでいた足を解いて腰《こし》を浮《う》かせ、テーブルに手をつくと静かにこちらへと身を乗り出してきた。

ふたりの距離が物理的にも近づいていく。

「……」

すっと伸びてきたエドガーの右手が薫の頬《ほお》を包み込む。

上向かされた顔に影《かげ》が落ち、唇《くちびる》がそっと重なって、離《はな》れた。

「馬鹿《ばか》が。……好きにしろ」

口調だけ乱暴な呟きを残し、エドガーが書斎《しょさい》を後にする。扉《とびら》の閉まる音で我に返った薫は、遠ざかる足音を全神経で追いかけながら、痛いほど早鐘《はやがね》を打っている心臓を押さえた。

「なに、今の」

指先で唇に触《ふ》れてみる。指と唇のどちらもが小刻みに震《ふる》えている。

今までもっと深いキスをエドガーとは何度もしたし、身体《からだ》だって繋《つな》いだ。けれど、こんなに動揺《どうよう》するのは初めてだ。

――どうしよう。

ただ触れるだけのキス。なんてことのないそれは、しかし薫の中に決定的ななにかを刻みつけた。焼き印のように、決して消えない痕《あと》を。

「まずい、かもしれない……」

絶対に人を好きにはならない。恋《こい》なんてもう二度としない。

そう決めていたのに、心が揺《ゆ》らぎはじめていた。

＊

一見なにも変わらない日常が淡々《たんたん》と過ぎてゆく。

けれどこの数日の間、エドガーと薫の間は微妙《びみょう》に変化し、妙な緊張状態《きんちょうじょうたい》が続いていた。

これまで何事につけても冷静沈着《ちんちゃく》で動じなかったはずの薫はエドガーの言動に過剰《かじょう》なほど敏感《びんかん》になり、皮肉や嫌味《いやみ》を言ってばかりだったエドガーは薫をからかうどころか声もかけない。

変わったのはそれだけではない。

触れるだけのキスをしたあの日から、エドガーは薫を抱《だ》かなくなった。そうかといって以前のように遊び回ることもなく、帰宅してからはほとんどの時間をひとり書斎で過ごしている。

今夜もそうだ。夕食が済むと十時にお茶を持ってくるように言いつけて、持ち帰った仕事を片付けるために書斎へ籠《こ》もってしまった。

「——お茶をお持ちしました」

ティーカップを載《の》せた銀盆《ぎんぼん》を片手に薫がドアをノックすると、入れとすぐに返事があった。

執事の仮面が剝《は》がれないように注意深く目を伏《ふ》せたまま、薫はティーカップをテーブルに載せる。

このテーブル越《ご》しにしたキスのことを思い出したりしないように、必死で別のことを考えようとしたが、その努力は失敗し、薫は肌《はだ》がぴりぴりするほどエドガーを意識する羽目になる。

なぜならエドガーが瞬《まばた》きもせず、こちらをじっと見ているからだ。

「あの、なにか……？」

居心地《いごこち》の悪さに薫はそろりと目を上げる。するとエドガーは、今初めて薫を見ていたことに気づいたようにはっとして瞬きをし、不機嫌《ふきげん》そうに眉根を寄せ、こちらに背中を向けるのだった。

「……なんでもない。もういい、下がれ」

ありがたい命令に薫はそそくさと身を翻《ひるがえ》した。部屋を出てドアを閉めるとほっと安堵《あんど》の溜《た》め息が漏《も》れる。全身から力が抜《ぬ》けて思わずその場にしゃがみこんでしまいたくなったが、さすがにそれはできず、そっとドアへ背を凭《もた》せ掛《か》けた。

「も、ほんと勘弁《かんべん》して欲しい……」

つい弱音が零《こぼ》れた。けれど、それも仕方のないことだ。なにしろ最前のようなやりとりは今朝から数えて六度目なのだから。

あの触れるだけのキスの後、薫は頻繁《ひんぱん》にエドガーの視線を感じるようになった。ただでさえ意識しているのに、その当人から手で触れられそうなほど強い視線を注がれるのだ。その緊張《きんちょう》感《かん》は並大抵《なみたいてい》のものではない。

——やっぱり眼鏡《めがね》、買おうかな。

薫は縋《すが》りつくように銀盆を胸に抱きかかえた。このままでは胸の奥に溜まっていく熱いなにかが堰《せき》を切って溢《あふ》れだしてしまいそうだ。

だが眼鏡をかけたらエドガーの視線をレンズに遮《さえぎ》られてしまう。それは嫌《いや》な気がした。あの眼差しをまっすぐに受け止めたいと心のどこかで望んでいるのかもしれない。

それにしても、なぜこんなに意識し合う羽目になったのだろう？

なんでもない振《ふ》りをしてはいるが、それは意外と大きなストレスだ。けれど身体を繋げることもなくなったし、このまま静かに時間が過ぎれば自分の気持ちも鎮《しず》まっていくに違《ちが》いない。

——そうだ。あの人は貴族で、主人だ。

好きになっても仕方がないし、最初からそういう意味では彼を好きになどなっていない。

——それを今更《いまさら》あんなキスくらいで、意識したり動揺したりしてどうするんだ。

抱き締《し》めた銀盆に顎《あご》を載せ、薫は自分を叱咤《しった》する。

エドガーのことがこんなにも気になるのは、きっと彼の孤独《こどく》を知ったせいだ。あの日から薫はごく自然に、エドガーのことを守りたい、力になりたいと思うようになっていた。

そんなふうに気持ちが変化したのは突然《とつぜん》のことだったから、エドガーに対する好意にまだ慣れなくて、つい意識してしまうのだろう。時間が経《た》てばこの気持ちにも慣れて、過剰な好意はエドガーに対する忠誠心へと変わるはずだ。それまで静かに待てばいい。

「——うん。それまでは、とにかく仕事に専念しよう」

そうして薫は騒《さわ》ぐ胸を宥《なだ》め、戸締《とじ》まりや火の始末を確認《かくにん》するために歩き出した。

その翌日のことである。

エドガーを仕事へ送り出し、銀器の手入れを済ませた後、ワインセラーのチェックをしていると慌《あわ》てふためいた従僕《じゅうぼく》が薫を呼びに駆《か》け込んできた。

「た、大変です！　門の一角が歪《ゆが》んで、欠けています！」

見てください、と先に立った従僕に続こうとしたとき、薫の耳にエドガーの声が谺《こだま》した。

「門が？」

『勝手に外へ出るな。単独では厳禁だ。いいな？』

出社前に玄関《げんかん》ホールでエドガーが毎朝そう念を押すのは、ここ最近の変化のひとつだ。そんな子供の我《わ》が儘《まま》のような命令を受け入れるわけにもいかず、かといってあまりにも真剣《しんけん》な顔をしているので拒絶《きょぜつ》するのも憚《はばか》られ、薫はいつも「職務に支障のない限りは」と答えていた。

門は当然外にあるので、ついエドガーの無茶な言いつけを思い出してしまったが、従僕と一緒《いっしょ》なのでひとりではないから構わないはずだ。それに、これは仕事である。

薫は従僕と共に屋敷《やしき》を出て、門へ向かった。

外は濃《こ》い霧《きり》が立ち込めて視界が悪かったが、肩《かた》を怒《いか》らせて従僕が指差した部分は、顔を近づけたり目を凝《こ》らしたりしなくても十分にわかるほど深刻な被害《ひがい》を受けていた。

「これですよ、これ。とんでもないでしょう!?」

「本当だ。これは酷《ひど》いな」

憤慨《ふんがい》している従僕に頷《うなず》き、薫は眉根《まゆね》を寄せる。

飲酒運転か居眠《いねむ》りか。おそらく、そんな状態の車にぶつけられたのだろう、華麗《かれい》な模様を描《えが》いていたアイアンが内側へ向けてぐにゃりと歪み、それを支える石造りの部分も大きく欠けて、そこから亀裂《きれつ》が走っている。

「修繕《しゅうぜん》を頼《たの》んでいいですよね？」

「そうだね。このままにはしておくのは危険だ」

「じゃあ俺、業者に電話してきます！」

薫の同意を得た従僕は勢い込んで屋敷の中へ駆け戻《もど》っていった。それを見送り、再び薫は壊《こわ》れた門へと目を戻す。

「参ったな……。なにやってたんだろう、まったく気がつかなかったなんて」

いつこんな状態になったのか、言われるまで気づきもしなかった自分が情けなくて薫は自己嫌悪《けんお》に陥《おちい》った。エドガーのことで注意力が散漫《さんまん》になり、屋敷を管理するという大切な役目を気づかぬうちにおろそかにしていたのかもしれない。

「本当にきれいな門だったのに」

傷つけられた箇所《かしょ》を見つめ、申し訳なさに自然と眉が下がった。無残に歪んだ部分へと薫はそっと手を伸《の》ばす。しかし指先が門へ届くその寸前、薫は突然何者かによって背後から羽交《はが》い締《じ》めにされた。

「……っ!?」

声をあげようと息を吸い込んだ瞬間《しゅんかん》、薬品を含《ふく》ませた布で口と鼻を覆《おお》われる。思い切り吸い込んでしまった強い刺激臭《しげきしゅう》に、どろりと意識の輪郭《りんかく》が崩《くず》れた。

——な、に……？

なにがおきたのかわからないまま、身体《からだ》が崩れて視界が歪む。

ひしゃげた門が濃い霧に包まれて急速に遠のいていった。

4

――あたまが、いたい……。

それに身体がだるくて肌寒《はださむ》い。耳の奥がガンガンする。

不快感に身体を丸めようとして、けれどなぜだかそうできず、妙な違和感《いわかん》に薫は薄《うす》く目を開けた。

ぼやけた視界に薄汚《うすよご》れた天井《てんじょう》が映る。見覚えのない部屋だった。染《し》みだらけの壁際《かべぎわ》に寄せられた粗末《そまつ》なベッドに薫は横たわっている。

なぜこんなところにいるのだろうか。いつから？　どうして？　思い出そうとしても頭痛に邪魔《じゃま》されて上手《うま》くいかない。

――今、何時だろう？

カーテンが締め切られた部屋は薄暗《うすぐら》く、時間の経過がわからなかった。腕時計《うでどけい》を見ようとして、左腕が横臥《おうが》した身体の下敷《したじ》きになっていることに気づく。どうりで腕や肩が痛むはずだと納得しながら身じろいで――置かれた現状に背筋が寒くなった。

――なんで。

両の手首を背中で一纏《ひとまと》めに拘束《こうそく》されていた。両足首もロープできつく縛《しば》られている。

そうだ、と薫は思い出した。屋敷の門の前で、いきなり誰かに襲《おそ》われたのだ。

――誰がこんなことを？

周囲に視線を巡《めぐ》らせると、スーツの上着が床《ゆか》に放られているのが見えた。襟元《えりもと》にエドガーから渡《わた》された記章が光っているから間違《まちが》いなく薫のものだ。だが、いつ誰にそれを脱《ぬ》がされたのかがわからない。

耳鳴りが治まると、足元のほうから話し声が聞こえてきた。殊更《ことさら》にアクセントの柔《やわ》らかいクイーンズ・イングリッシュと、外国訛《なま》りのある英語だ。前者の声には聞き覚えがあり、まさかと思いながらそちらへ目を向けてみると、予想に違《たが》わずそこにはダニエルの姿があった。

――これだったんだ。あの人が毎朝くどいほど外に出るなって言った理由は。

エドガーは言葉の足りない人で、一から十まで説明などしてくれない。それをわかっていたのだから、あの一言に込められた意味を薫は察しなければならなかった。それを怠《おこた》ったのは薫のミスだ。

――だけど、まさか拉致《らち》されるなんて。

こんな状況《じようきよう》は予想の範囲《はんい》を超《こ》えている。薫はダニエルの暴挙に怒《いか》りを覚えたが、同時に易々と拉致された自分の不甲斐《ふがい》なさにも腹が立って仕方がなかった。

「気づいたようだな」

こちらに近づいてきたダニエルがベッドの端《はし》に腰掛《こしか》けた。瞼《まぶた》を開くと茶色の瞳《ひとみ》と視線が合う。

その瞬間、びくっと薫は凍《こお》りついた。

ダニエルの顔つきや印象が、驚《おどろ》くほど変わっていた。きれいに後ろに撫《な》でつけていたはずの褐色《かっしょく》の髪《かみ》は乱れ、顔色は土気色にくすみ、スーツも薄汚れている。そんな中、目ばかりをぎらぎらと血走らせているさまは、まるで飢《う》えた獣《けもの》か狂犬《きょうけん》のようだ。それなのに口元には薄い笑みが浮《う》かんでいて、そのバランスの悪さが病的な凶暴性《きょうぼう》を感じさせる。

「ダニエル卿《きょう》……？」

瞬《まばた》きもせずに凝視《ぎょうし》され、薫は背筋が寒くなった。もし目を逸《そ》らせば、その瞬間、獣のように襲い掛《か》かってきそうな気がして身動きが取れなくなってしまう。ダニエルの異様な視線に固定された薫の視界を、金を数えながら出て行く男の姿が過《よぎ》った。ドアが閉まる音に、ぎくりと肩が揺《ゆ》れる。この狭《せま》い密室で、薫はダニエルとふたりきりにされてしまった。

「なかなか目を覚まさないから待ちくたびれたよ」

男が出て行くと、ダニエルが口元を更《さら》に歪め、薫を囲い込むようにシーツに両手をついた。

「あんまり退屈《たいくつ》だったから、馴染《なじ》みの男に色んな薬を持ってきてもらったんだ。それを使っておまえで遊ぼうと思ってさ。ところで気分はどう？」

「……おかげさまで、良くはありません」

声が掠《かす》れたのは、吸い込んでしまった薬品と恐怖《きょうふ》のせいだ。だが、薫は冷静に、少なくとも表面的には落ち着いた様子でダニエルに視線を据《す》えていた。

「ダニエル卿、こんなことをする目的はなんですか？　わたしは負債《ふさい》を抱《かか》えたギャラリストのお力にはなれませんし、伯爵《はくしゃく》家の隠《かく》し財産の有無も所在も知りません」

「なんだ、そこまで知ってるのか」

ダニエルがひょいと片眉を上げた。

「話が早くて助かるよ。さっさと仕事が済みそうだ。だが、あぁ本当に……」

間近に迫《せま》ったダニエルの双眸《そうぼう》が、陶酔《とうすい》したように濁《にご》っていく。

「……いい目だ。こんなふうに睨《にら》まれるとぞくぞくするよ」

「……っ」

急激に危機感が増し、薫は目を閉じるか顔を背《そむ》けるかしたかった。けれど下手に動いてダニエルを刺激《しげき》するのは怖《こわ》い。彼の機嫌《きげん》ひとつでなにをされてもおかしくない状況なのだ。

魅入《みい》られたかのようにダニエルが顔を近づけてくる。

「レセプションのときもそうだったな。アルコールで肌《はだ》が上気して、その黒い瞳が酔《よ》いのせいで潤《うる》んで蕩《とろ》けて……見ているだけで抱《だ》いているような気分になったよ。あんまり色っぽいからむしゃぶりついてぐちゃぐちゃに乱してやりたくて仕方がなかった」

「や、っ!?」

無造作に覆い被《かぶ》さってきたダニエルに首筋を嚙《か》まれ、薫は身を竦《すく》ませる。ダニエルは硬直《こうちょく》した薫の耳の下に唇《くちびる》を押し当てると、喉《のど》を鳴らす獣のように低い笑い声を発した。

「こんなに震《ふる》えて……期待してるのか？　だが、もうちょっと待ってろ。俺だっておまえには散々焦《じ》らされたんだからな。用が済んだら存分に可愛《かわい》がってやる」

ダニエルはゆっくりと身を起こし、テーブルの上の携帯電話《けいたいでんわ》を摑《つか》み取った。

「な、なにをするつもりです……っ」

「なにって、そんなの決まってるだろ」

薫は起き上がろうとしたが、ダニエルに喉を摑まれてベッドに押さえつけられた。そのまま首を絞《し》めるように圧迫《あっぱく》されると身動きができなくなる。ダニエルは携帯を握《にぎ》り締め、異様な光を目に浮かべた。

「おまえと引き換《か》えに伯爵家の隠し財産を手に入れるんだ。エドガーにここまで運ばせる。奴《やつ》には帰りがけに居眠《いねむ》り運転で事故を起こしてもらうことにしたよ。面白《おもしろ》い薬が手に入ってね、強力な睡眠剤《すいみんざい》なんだけど、使用後の検査ではそれらしい成分が検出されないんだ」

携帯電話を置き、彼は薫の目の前で右手を開いてみせた。中指になにか嵌《は》めている。指輪のようだが、それにしては随分《ずいぶん》とごつい。スクエアの飾《かざ》り、というよりもむしろ小さな箱のようなものが手のひら側についている。

「この中に薬が仕込んであるんだ。これを開けて奴のどこか——首でも腕でも、どこでもいい。針を刺《さ》して注入する。眠《ねむ》ったら車に乗せてどこか適当な建物にぶつけて、炎上《えんじょう》させればいいんだだ。そうしたら伯爵家の財産が丸ごとこの手に転がり込んでくる。奴には子供がいないからな。俺は借金を清算し、財産と爵位《しゃくい》を継承《けいしょう》するんだ」

明日になれば俺は十三世スタッドフォード伯爵だ、とダニエルは込み上げる歓喜《かんき》を抑《おさ》え切れないかのように小刻みに肩《かた》を震わせている。

薫は背筋が冷たくなった。ダニエルの語った犯罪計画は馬鹿《ばか》げた空想、いや、妄想《もうそう》だ。こんなことを本気で実行しようとするなんて、おかしくなったとしか思えない。

「お止めください、ダニエル卿」

怖《お》じ気《け》づきそうになる自分を必死で押し留《とど》め、薫はダニエルに語りかけた。

「完全犯罪など不可能です、どうか冷静になってください。それに隠し財産など存在しないと、以前からスタッドフォード卿はおっしゃっています。そんなものはどこにも存在しないのです」

「あるさ」

ダニエルの笑い声がぴたりと止んだ。乱れかかる前髪《まえがみ》の奥で、暗い目が鈍《にぶ》い光を放っている。

「おまえは騙《だま》されているんだ。だって俺は聞いたんだからな。あいつの母親が生きていた頃《ころ》、何度も見舞《みま》いに来たっていうあいつの祖父、十世スタッドフォード伯爵が他《ほか》の誰にも内緒《ないしょ》だと言って隠し財産の在《あ》り処《か》を教えていたと。それはノッティング・ヒルの屋敷《やしき》にあるはずなんだ。古い使用人がそう言った」

「それでも、貴方の計画は無茶です。もし隠し財産があったとして、わたしなどと引き換えにできると本気で思っているのですか⁉」

エドガーがそんな馬鹿なことをするはずがない。それは考えるまでもないことだ。

しかし、ダニエルは携帯電話を親指で操作しながら自信たっぷりに宣言した。

「思ってるさ。奴は必ず取引に応じる」

「あり得ません」

「へぇ？　自己評価が低いんだな。その謙虚《けんきょ》な態度に免《めん》じて教えてやるよ。エドガーが他人に執着《しゅうちゃく》したのは、たぶんおまえが初めてだ」

思わぬ言葉に薫は目を見開いた。この非常事態に、場違《ばちが》いにも心臓が大きく跳《は》ねる。

「そんな、そんなことは……」

あり得ない。ダニエルの言うことは、そのほとんどが嘘《うそ》なのだ。

そう思うけれど一度跳ねた心臓は落ち着かず、ますます早鐘《はやがね》を打ち始める。

——ない。絶対にない、そんな都合のいい話。

信じるな、期待するなと、脳裏《のうり》に蘇《よみがえ》るエドガーの眼差《まなざ》しを薫は必死に打ち消そうとした。しかしそれは上手くいかず、逆に頭の中がエドガーのことで一杯《いっぱい》になってしまう。

見つめられると身動きができなくなるほど強い彼の視線の意味を、これまで何度も考えた。そのたび一つの結論に至り、それだけはないと否定してきたけれど、まさか本当にエドガーに執着されているのだろうか？　それも、彼にとって初めて——？

こんなときだというのに胸に喜びが込み上げた。抑えきれないその感情に、薫はエドガーに対する自分の気持ちを自覚しないわけにはいかなくなる。

生まれた思いをそっとしておけば、いつか忠誠心に変わるだなんて嘘だ。

薫はもう、とっくにエドガーのことを好きになってしまっていた。

——けど、どうして今、そんなことに気がつかなくちゃいけないんだ。

無意識に目を逸らして気づかないようにしていたものを、冷静でいなければならない今、こんな形で思い知らされる羽目になるなんて状況が悪すぎる。

「……ああ、兄さん？　先日はどうも」

「——！」

電話がエドガーに繋《つな》がった瞬間《しゅんかん》、薫は自分の気持ちを無理やり抑えてそちらに意識を集中させた。

エドガーは世間の評判が悪く、性格も意地悪で自分勝手だ。しかし事業家として、そして伯爵家の当主としての彼の優秀《ゆうしゅう》さは誰もが認めるほどだから、選択《せんたく》を誤りはしないだろう。

けれど、どうしても不安を拭《ぬぐ》えないのは、エドガーの持つ不器用な優《やさ》しさを知ってるからだ。

たとえばあのレセプションのときだ。会場で人目を気にしていた薫を背中に隠し、目立たない場所でそっと休ませてくれた。一服盛ったことを謝りたいとダニエルが屋敷へ来たときは、薫がダニエルと顔を合わせずに済むように配慮《はいりょ》してくれた。あのときは気づけなかったけれど、今ならわかる。それは彼の優しさだったのだ。

わかったからこそ薫の不安は濃《こ》くなった。自分を取引の材料に使われたとき、その優しさと責任感が仇《あだ》になって、もしかしたら彼は判断を誤るかもしれない。

——そんなの駄目《だめ》だ。こんなことになったのは俺の不注意のせいで、あの人には関係ない。

スタッドフォード伯爵家は由緒正《ゆいしょただ》しい名家だ。その当主と異母弟による骨肉の争いなど警察に届けるわけにはいかない。しかもダニエルは隠し財産どころかエドガーの命を狙《ねら》っているのだ。こんなことが表沙汰《おもてざた》になればとんでもないスキャンダルに発展し、伯爵家の名誉《めいよ》は地に落ちる。

そんな事態だけはなにがあっても避《さ》けなければならない。エドガーと伯爵家を守るのは執事《しつじ》である薫の役目だ。エドガーにもそう誓《ちか》った——いや、執事だとか誓いだとか、今はもうそんなことよりも。

——好きだから、守りたい。

その為《ため》には、どうすればいい——?

「この間もらった傷が酷《ひど》く痛んで、治療《ちりょう》費が相当かかりそうなんだ。そうだなあ、伯爵家の隠《かく》し財産が丸々必要なくらいかな。——え? ない?……へぇ、まだ言い張るんだ」

どこか間延びしたダニエルの声が虚《うつ》ろに響《ひび》く中、薫は必死に思考を巡《めぐ》らせた。

「ああ、そうだ。そういえばあんたの大事なものを預かっているんだ」

喉を押さえていた手がシャツの襟元《えりもと》を鷲摑《わしづか》んだかと思うと、薫は乱暴に引き起こされた。突《とつ》然《ぜん》のことに目眩《めまい》に襲《おそ》われ、小さく呻《うめ》くと、耳に当てられた携帯電話から「薫か!?」とエドガーの声が聞こえてきた。

——馬鹿、喜んでる場合か。

息を詰《つ》め、薫は気を引き締める。そうしないと、ダニエルの言った「大事なもの」と、今の微《かす》かな呻き声からエドガーが自分の名前を呼んでくれたことに、胸がおかしいほどに震えて決心が鈍ってしまいそうだ。

「助けてくれと言え。泣いて頼《たの》め」

電話とは反対側から、ダニエルが脅《おど》しつけてくる。いつの間にか彼はナイフを握《にぎ》っていた。

「言わないと、死ぬほど酷い目に遭《あ》うぞ」

ナイフの切っ先が喉《のど》に柔《やわ》らかく食い込んでくる。

薫は小さく頷《うなず》くと、携帯電話《けいたいでんわ》の向こうに向かって凛《りん》と声を放った。

「——暇《いとま》を取らせて頂きます」

それは予想外の言葉だったのだろう。電話の向こうと隣《となり》の男が、驚愕《きょうがく》に固まった。

その隙《すき》に、薫は頭の中に用意した台詞《せりふ》を読み上げる。

「突然のことで申し訳ございませんが、今日を限りにお暇を頂きます。貴方の身勝手な振《ふ》る舞《ま》いにはほとほと嫌気《いやけ》が差していましたし、貴方の弟君の境遇《きょうぐう》を思うとお気の毒で放って置けません。これからはダニエル卿《きょう》にお仕《つか》えいたします。これまでの間、大変お世話になりました」

もちろん、それは嘘だった。いくら急いで用意したからといって、あまりに粗末《そまつ》なその内容は、もしも相手がナイジェルならば絶対に信じてもらえなかっただろう。

けれど、相手はエドガーだ。

人を信じられない彼ならば、手のひらを返すような突然の裏切りもきっとそれほど疑わない。信じて欲しいと懇願《こんがん》されるより、裏切りのほうがむしろ受け入れやすいだろう。まさか、と思いはするかもしれないが、ああやっぱり……、と納得してしまえるはずだ。これまで薫がそうだったように。

——ごめんなさい。

もしかしたら芽生えていたかもしれないエドガーの信頼《しんらい》を、薫は酷い言葉で裏切った。傷つけてしまったかもしれない。少なくとも絶句させる程度の衝撃《しょうげき》を与《あた》えたのは確かだ。

そう思うと胸が苦しくなって、本当は違《ちが》うのだと言いたくて堪《たま》らなくなった。

けれど薫は、どうしてもエドガーを守りたいのだ。喉元のナイフがいつ突《つ》き立てられるかと思うと怖《こわ》くて身体《からだ》が震《ふる》えたけれど、必死に冷淡《れいたん》な声を作った。

「どうぞこの先もお健《すこ》やかに過ごされますように。——さようなら」

唇《くちびる》を閉ざし、薫は携帯《けいたい》からそっと耳を離《はな》す。その途端《とたん》、

「な、なにを言い出すんだッ」

我に返ったダニエルが薫を突き飛ばし、携帯を両手で握り締《し》めると大声で怒鳴《どな》った。

「と、とにかく！　あんたの大事な執事がいるのはわかっただろう？　これを無事に帰してほしければ……は？　なんだって？　裏切り者はいらない!?」

薫の胸に切り裂《さ》かれるような痛みが走った。

ダニエルが目を剝《む》き、信じられないというように手の中の携帯電話を見下ろしている。

「馬鹿《ばか》じゃないのか、信じるなよそんなこと！」

ダニエルがもう一度、薫の耳に携帯電話を押し当ててきた。

「嘘だと言え」

呻くような恫喝《どうかつ》に、エドガーの問いかけが重なる。

『今のは本気か』

抑揚《よくよう》のない冷え切った声音《こわね》が、心臓に突き刺《さ》さってくる。薫はぎゅっと目を閉ざし、

「本気です」

『わかった。好きにしろ』

それきり通話が途《と》切《ぎ》れた。

これでエドガーはダニエルの要求には応じない。罠《わな》に嵌《は》まることもない。

ほっとしたが、薫は同時に言いようのない痛みに苛《さいな》まれた。

——切り捨てられた……。

目の前が真っ暗になったような気がした。だが、それがなんだというのだろう？ 裏切り者はいらない——そんなことをエドガーに言わせたのは自分だ。自分で捨てられるように仕向けて、実際に捨てられたら傷つくなんて馬鹿げている。

そう思うのに、どうしようもなく胸が痛くて苦しくて、薫はもうなにも考えられなくなっていた。呼吸の仕方さえわからなくなってしまいそうだ。

しかし悲嘆《ひたん》に暮れている暇《ひま》はなかった。

「こいつ、勝手なことを……！」

逆上したダニエルに突き飛ばされ、薫は壊《こわ》れた人形のように力なくベッドに倒《たお》れ込んだ。ダニエルは薫を仰向《あおむ》けに転がし、すかさず乗り上げてくる。

「おまえのせいで計画が台無しだッ、どうしてくれる!?」

元が無茶で穴だらけの計画なのだから、失敗して当然だ。薫はぼんやりとそう思ったが、手加減なしに左の頬《ほお》を打たれて口にはできなかった。

「償《つぐな》わせてやる……ッ、おまえなんか、めちゃくちゃにぶっ壊してやる！」

ダニエルが薫のシャツを摑《つか》み、力任せに引き裂いた。

「——ッ!?」

ダニエルがなにをするつもりなのか、考えるまでもない。もうどうなってもいいと思っていたが、この男に好きにされるのだけは嫌《いや》だ。薫は手足を縛《しば》られたまま、逃《のが》れようと身を捩《よじ》った。

「やめてください、ダニエル卿……！」

「うるさい、黙《だま》れ！」

今度は右頬を張られた。頭の芯《しん》までぐらぐらするような威力《いりょく》だ。

ぐったりとした薫に構わず、ダニエルは薫のスラックスのベルトを引き抜《ぬ》き、前を寛《くつろ》げて薫をうつ伏《ぶ》せにした。足首のロープをナイフで断《た》ち切り、下着ごとスラックスを引き剝《は》がす。

「嫌だ、やめろっ」

「俺に仕えるんだろ？　だったら黙って従え！」

剝き出《だ》しになった下肢《かし》を外気がひやりと撫《な》でた。ダニエルはベッドの足元にあるテーブルから、先ほどの男が置いていったローションのボトルとカプセルを数個摑み取ると、薫の腰《こし》を摑んで引き上げる。

「嫌だ……！」

薫は前へ這《は》いずって逃《に》げようとした。しかし未《いま》だ痺《しび》れは身体に残り、両手は背後で縛られたままだ。ろくな抵抗《ていこう》もできずに強引《ごういん》に膝《ひざ》を立てさせられて、薫は腰をダニエルへ突き出すような恰好《かっこう》にされた。

「ぶっ壊してやる……っ、おまえなんか、めちゃくちゃにしてやる」

譫言《うわごと》のように繰《く》り返し、ダニエルが後孔《こうこう》に触《ふ》れてきた。ローションを塗《ぬ》りこめてびしょ濡《ぬ》れにし、カプセルを押し込んでくる。

「やっ、なに!?」

「このカプセルはな、どんな貴婦人でも淫売《いんばい》に引き摺《ず》り落とす楽しい薬だ。精液で中和するしかないから、これを使われるとどんなにお堅《かた》い女でも腰を振ってねだるようになる」

くく、と嫌な笑い声をたて、ダニエルがカプセルを幾《いく》つも押し込んでくる。そのまま指まで入れられて、いやらしく中をかき回された。

「あ、っ、嫌…っ」

「本当はひとつで十分なんだが、特別にたくさん使ってやるよ。楽しみだろ？　感じて感じて、頭がおかしくなるかもな」

嫌がって締まる薫の中をぐちゃぐちゃと好きにかき乱し、カプセルを奥のほうへ押し込むとダニエルが指を引き抜いた。再び薫を仰向けにすると、脚《あし》の間に身体を割り込ませてくる。

「や、だ……っ、放せ！」

「逆らっても無駄《むだ》だ」

暴れる薫の両脚《りょうあし》を広げさせ、ダニエルは狂気《きょうき》を孕《はら》んだ目を向けてきた。

「おまえのココ、すぐに凄《すご》いことになるぞ。男が欲しくてどうしようもなくなるんだ。俺が飽《あ》きても足りなかったら、外にいる奴《やつ》らを呼んでやるよ。おまえを拉致《らち》してきた奴とか、薬を調達してきた奴とか、ろくでもないクズばかりだが構わないだろう？　すぐに男ならなんだってよくなるんだ。なぁ、楽しいお仕置きでよかったなあ？」

「な、……っ」

ダニエルが強引に唇を塞《ふさ》いできた。

酷《ひど》い嫌悪《けんお》感に襲《おそ》われて、無理やり押し入ってきたダニエルの舌に薫は思わず歯を立てる。

「──っつ、」

弾《はじ》かれたように身を放し、ダニエルが目をつり上げた。

「この──！」

「や、んん、ぅーっ……」

顎《あご》を掴まれ口を開かされて、薫は舌を掴み出された。仕返しとばかりに噛《か》みつかれ、そのまま口腔《こうこう》を蹂躙《じゅうりん》される。

獣《けもの》じみた行為《こうい》に嫌悪と恐怖《きょうふ》を掻《か》き立てられて、薫は必死に首を振《ふ》って逃れようとした。だが、そのたび舌に歯を立てられて、噛み切られる恐怖に縛られ身動きが取れなくなっていく。

と、突然《とつぜん》外でガラスの割れる高い音が響《ひび》いた。思わずびくりと身を縮めた薫に、ダニエルは唇を離して獰猛《どうもう》に笑う。

「怖いか？　なんなら泣いても叫《さけ》んでもいいぞ。この辺りじゃ悲鳴や銃声《じゅうせい》が聞こえても誰もなんとも思わないからな。どんなに叫んでも助けは来ない。──諦《あきら》めな」

ダニエルの言葉が黒いインクのように胸に落ちた。それは薫の胸を冷たくしながら、じわじわと広がっていく。本当にもう駄目《だめ》なのかもしれない。そう思い、絶望が薫を包み始める。そんな薫を余所《よそ》に、下の騒《さわ》ぎは上へと移動し、こちらに近づいているようだった。

現実から逃避《とうひ》するかのようにその騒ぎに耳を傾《かたむ》けていた薫は、ふとある音に気がついた。

——まさか……。

薫の聴覚《ちょうかく》は耳に馴染《なじ》んだひとり分の足音を捉《とら》えていた。

そんなはずはない。彼のわけがない。けれど、どんどん近づいてくるその足音が誰のものなのか、薫にはわかってしまうのだ。自分でも驚《おどろ》くほどはっきりと、その音を聞き分けることができる。

黒い絶望の侵食《しんしょく》が止まった。潮が引くようにそれは消え、熱い鼓動《こどう》が蘇《よみがえ》る。

「なんだ？　なんの騒ぎだ」

気力を取り戻《もど》した薫は、苛立《いらだ》たしげに顔を上げたダニエルの隙《すき》を窺《うかが》った。

あの足音が大きくなる。どんどん近づいて、ドアの前でぴたりと止まると、

「薫——！」

ダンッ、と音高くドアが開け放たれて、エドガーが飛び込んできた。

「なっ、なんでここが——!?」

瞬間《しゅんかん》、驚愕《きょうがく》のあまり完全に無防備になったダニエルの腹を、薫は思い切り蹴《け》りつけた。たいしたダメージは与《あた》えられなかったが、バランスを崩《くず》してダニエルの上体が後ろへ傾く。

「ダニエル、貴様……っ！」

「うぐっ」

エドガーが薫から引き剝がすようにダニエルを床《ゆか》へ引き摺り落とすと、拳《こぶし》を振り上げて容赦《ようしゃ》のない一撃《いちげき》を喰《く》らわせた。鼻の骨が折れ、悲鳴をあげてそこに手を当てたダニエルは、引き倒された弾《はず》みで仕掛《しか》けの外れた睡眠剤《すいみんざい》の針を誤って自分の顔に刺してしまった。

「手筈《てはず》通りに片付けておけ」

がくりとその場に倒れこんだダニエルを、エドガーが無造作にドアの外へと叩《たた》き出す。

だが、薫にはそれを確認《かくにん》することはできなかった。ダニエルを蹴ったとき、カプセルが溶《と》けて中の媚薬《びやく》が流れ出したのだ。それはたちまち粘膜《ねんまく》を侵《おか》し、ずくりと熱い疼《うず》きを生んだ。

「あ、っ……」

ベッドの上で薫は身を縮めた。じくじくと身体《からだ》の芯が爛《ただ》れるように疼き始めている。かろうじて肩《かた》に引っかかっているシャツが肌《はだ》に擦《す》れる、そんな些細《ささい》な感触《かんしょく》が急に辛《つら》くなってきた。

――どうしよう、どうしたら……。

どうすればいいのかわからなくて身を強張《こわば》らせていると、ふわりと温かいものに包まれた。エドガーのスーツのジャケットだ。薫がそっと目を開くと、焦燥《しょうそう》を映した灰色の瞳《ひとみ》が間近からこちらを覗《のぞ》き込んでいる。

――来てくれた……。

じわりと視界が滲《にじ》んだ。

部屋の外で待機していた者たちがダニエルをどこかへ運んでいったけれど、そんなことはどうでもよかった。急速にぼやけ始めた視界には、もうエドガーしか映らない。

「大丈夫《だいじょうぶ》か」

「はい……でも、どうして……？」

薫はエドガーに切り捨てられたはずだ。それなのに、なぜ彼はここにいるのだろう？

「おまえのへたくそな芝居《しばい》に乗ってやっただけだ。……だがな。もう二度とこんな茶番に付き合う気はないぞ」

エドガーが拘束《こうそく》されていた薫の両手を自由にし、改めてジャケットでその身体を包み直す。

「どうして、ここが？」

「おまえには発信機をつけておいた。あれがどれほど馬鹿《ばか》でも、GPS機能付きの携帯《けいたい》はさすがに捨てるだろうからな。……ああ、これだ」

床に放り出されていた薫の上着を拾い上げると、エドガーは襟元《えりもと》の小さな記章を示した。

伯爵家《はくしゃくけ》の紋章《もんしょう》の刻まれた記章は、ダニエルが謝罪に訪れる直前に渡《わた》されたものである。では、あのときからエドガーはこういう事態を想定していたのだ。

「帰るぞ」

壊《こわ》れ物を扱《あつか》うように薫はそっと抱《だ》き上げられた。途端《とたん》、身体に触れたエドガーの腕《うで》にぞくりと全身が震《ふる》える。堪《こら》える間もなく甘い声を上げてしまい、驚いた様子で動きを止めたエドガー

に、薫は首筋まで赤くなった。

「おい」

「…っ、くすり、を……」

眼差《まなざ》しで問われ、あれです、と薫がテーブルに散らばったカプセルを指差すと、

「……っの馬鹿が！」

その正体を知っているのか、エドガーの眦が切れ上がった。くそ、と毒づいたエドガーが薫を抱く腕に力を込める。全身をエドガーの温もりに包まれた薫は息が詰《つ》まるような密室から荒々《あらあら》しく連れ出された。

ＢＭＷを乱暴に飛ばしてノッティング・ヒルの屋敷《やしき》に帰り着くと、エドガーは自分の寝室《しんしつ》に直行し、ベッドに薫をそっと下ろした。

ひんやりとしたシーツの冷たさが火照《ほて》った身体に心地《ここち》好《よ》い。けれど媚薬で無理やり昂《たかぶ》らされた身体には、それは一瞬《いっしゅん》の慰《なぐさ》めでしかなかった。

「……っ……ぁ……」

ひりひりと痛いほどに熱をあげた肌を少しでも冷まそうと、シーツの冷たい場所を薫は無意

識に探した。けれどそのたび肌を掠《かす》める絹の感触に、ぞくぞくと背筋が震えてしまう。

「…あん、いや……」

泣き出しそうになりながら、薫は身を震わせた。身じろぐたびに掛《か》けられていたスーツの上着がずれて、その細やかな刺激《しげき》にも薫は身悶《みもだ》えてシャツの裾《すそ》を乱してしまう。

それはとても扇情的《せんじょう》な姿だったが、体内に仕込まれた薬の効果は激烈《げきれつ》で、薫はそんな自分の痴態《ちたい》を堪えるどころか自覚することもできなかった。

「医者を呼ぶか」

「や、嫌《いや》です……っ」

「しかし――」

「医者は、嫌です……お願い」

いくら薬のせいとはいえ、こんな状態の身体を医師に診《み》られるなんて考えられない。

薫は必死に手を伸《の》ばし、エドガーのスーツの袖口《そでぐち》を掴《つか》んだ。

「お願いです……」

疼く身体が苦しくて、薫は必死にエドガーを見つめた。

熱く目が潤《うる》んでいるのが自分でもわかる。きっといかにも物欲しそうな、浅ましい顔をしているのだろう。実際、薫の身体の奥は、そこを埋《う》めてくれるものを欲しがって溶けだしそうに疼いている。

いったい自分はどうなってしまうのだろう？

凄《すさ》まじいまでの媚薬の効果に怯《おび》えながら、薫は縋《すが》るようにエドガーを見つめた。

「……マイ・ロード……っ……」

この熱を鎮《しず》めて欲しい。どうすればいいのかは、薫もエドガーもわかっている。

──抱いて欲しい……。

そう思うけれど口には出せず、薫はエドガーのシャツの袖口を小さく引いた。

「薫」

精一杯《せいいっぱい》の誘《さそ》いを拒《こば》むことなくエドガーが覆《おお》い被《かぶ》さってきた。瞬《まばた》きもせず、こちらを凝視《ぎょうし》する灰色の瞳。その眼差しの強さにくらくらした。そこにどんな感情が込められているのか、その目に今の自分がどんなふうに映っているのか、そんなことを気にする余裕《よゆう》は今はない。

「お願い、だから……」

……助けて。と、溜《た》め息に溶けるほど密《ひそ》やかな声で懇願《こんがん》した瞬間、薫はエドガーの胸に痛いほど強く抱き締《し》められた。

「…ぁっ……」

「なぜ、あのときそう言わなかった──？」

低く恫喝《どうかつ》した唇《くちびる》が、狂《くる》おしく首筋に這《は》わされる。びくっと跳《は》ねた薫の身体をエドガーは更《さら》に深くかき抱《いだ》き、乱れたシャツの隙間《すきま》から手を差し入れて素肌《すはだ》に触《ふ》れた。

「…ひぁ…っ」

痛いほど張り詰めた肌を撫《な》でる手が、脇腹《わきばら》から背中へ這い込んだ。ぞくりと駆《か》け上がった甘《かん》美《び》な痺《しび》れを追いかけるように、指先が背筋をなぞり上げる。

「あ、あっ、せなか、いや……っ」

「わかってる。おまえはここがいいんだろう？」

肩甲骨《けんこうこつ》の周辺は薫の感じる場所のひとつだ。そこを撫でられると普段《ふだん》から身体が竦《すく》みあがるのに、薬で敏感《びんかん》にされた今、その刺激は悲鳴をあげて身を捩《よじ》るほど強烈《きょうれつ》だ。

「や、あっ……や、め……っ」

薫はシーツに髪《かみ》を散らし、辛いだけだからとエドガーの愛撫《あいぶ》を必死に拒んだ。けれどエドガーは聞いてくれず、もう一方の手でうなじを鷲掴《わしづか》み、薫に正面を向かせる。

「あっ……ぁ……っ」

「どうして俺に助けを求めなかった？」

責めるように問いかけておきながら、エドガーは答える暇《ひま》も与《あた》えてくれなかった。激しく薫の唇を奪《うば》い、すぐに舌を差し入れてくる。

深い口づけに身体の芯《しん》がわななくように震えた。エドガーが熱い舌を薫のそれに擦《こす》りつけるようにする。そうされると身体の芯が熱を持ち、とろりと蕩《とろ》けてしまいそうだ。角度を変えて繰《く》り返されるキスはあまりに深く濃厚《のうこう》で、薫はなす術《すべ》もなく溺《おぼ》れていく。

「……っん、ふ、んん……っ」

肩甲骨にあった手が、つうっと背骨を伝い落ちていく。その感触に大袈裟《おおげさ》なほど身を震わせながら、エドガーの指が双丘《そうきゅう》の狭間《はざま》に入り込むのを感じていた。

欲しい場所に触れられる予感に薫はたまらなくなって、いつの間にか脚《あし》の間に入り込んでいたエドガーの腰《こし》を、立てた両膝《りょうひざ》できゅっと挟《はさ》み込む。

終わらないキスに自分からも舌を差し出して求めながら、薫は淫《みだ》らな熱に侵《おか》された腰をもどかしげに揺《ゆ》らした。

早く…、とあからさまな仕草で身体《からだ》がねだる。その求めに応じるように入り口に触れたエドガーの指が、ローションで濡《ぬ》らされ、媚薬《びやく》で蕩けるように熱くなった場所にずるりと入り込んできた。

「んぅ、あ、あぁんっ……！」

待ち望んでいた刺激に身体が弓なりに反り返り、キスをしていた唇が外れた。エドガーは、突《つ》き出すような形になった薫の胸の尖《とが》りに目を留《と》め、今度はそこに狙《ねら》いを定める。

「ひ、ぁっ……!?」

中を指でかき回されながらシャツ越《ご》しに乳首《ちくび》を吸われて、びくびくとはしたなく腰が跳ねた。

胸を弄《いじ》られると、どうしてエドガーの指を食《は》んでいるところがこんなに悦《よ》くなってしまうのだろう。これも薬のせいなのだろうか。激しすぎる刺激から逃《に》げたくて、だけどもっとして欲しくて薫は惑乱《わくらん》に襲《おそ》われる。

「や、胸、いっ……やぁ……っ」

「ここは、中と一緒《いっしょ》に弄られるのが好きだろう？」

「でも、だめ、だめです…っ、今は、嫌……ぁっ、あぁんっ」

身体の奥をくすぐるようにされながら、乳首をきゅっと引っ張られた。体内を走った切なさが弄られている二箇所《かしょ》を結び、勃《た》ちあがったものの先端《せんたん》をとろりと蜜《みつ》で潤ませる。

「や、も……助け、て…っ」

濡れたシャツがひやりと張りついて、乳首の赤さを透《す》かしていた。そこを舌で押し潰《つぶ》され、布越しに擦られると、痛いほどに反り返った自身から透明《とうめい》な雫《しずく》がとろとろと零《こぼ》れていく。

しかしエドガーはそこには触れてくれなかった。

彼は上体を浮《う》かせて荒々しくシャツを脱《ぬ》ぎ捨《す》てると、乱れて身体に絡《から》んでいるだけになった薫の衣類も剝《は》ぎ取った。薫の脚を押し開き、指を三本に増やして真っ赤になった後孔《こうこう》をめちゃくちゃにかき回す。

「ひ、あんっ、や、やぁっ…」

感じきった身体のすべてをエドガーに見せている状態で、いかせてもらえず腰の奥を指で好きなように弄られる。感じて、感じすぎて苦しくなって、それでも満たされないやるせなさに薫は耐《た》え切れずに身を捩った。

「こんな、の……や、いや、……っと、もっと、ちゃんと……っ」

指では足りない。腰の奥まで含《ふく》まされた媚薬が粘膜《ねんまく》を熱く狂わせていた。じくじくとした狂おしい疼《うず》きが細波《さざなみ》のように広がって、薫の内部は刺激を求めて奥までいやらしく波打っている。

「……欲しいか」

エドガーの囁《ささや》きに、薫ははっと目を開いた。奥までいっぱいに差し込まれていた指が、じりじりと引いていく。

「や、いや……っ」

足りないながらも身体の疼きをいなしていた指が抜《ぬ》かれてしまう。喪失《そうしつ》の予感に、薫は泣いて首を振《ふ》った。身体に勝手に力が入り、引き止めるようにそこを引き絞《しぼ》る。けれど、指は熱くうねる内壁《ないへき》を意地悪く擦りながら、ずるりと出て行ってしまった。

「や、だ……どうして……っ」

「ここに欲しいか?」

濡れた入り口をぬるぬるとなぞられる。

「……あ、あっ……」

「欲しいだろう?」

たまらずそこがひくひくと口を開く。すると指を逸《そ》らされる。

「や、いや、お願い……っ」

「欲しいなら答えろ。あのとき、なぜ俺に助けを求めなかった？　信用できないからか」

「そ、な……違《ちが》、う。違い、ま……す……っ」

エドガーの声に潜《ひそ》む真摯《しんし》さを、薫は半ば溶《と》けかけた意識ではなく本能で感じ取った。懸命《けんめい》に首を振り、取り繕《つくろ》う余裕もないまま、ただ必死に言葉を紡《つむ》ぐ。

「貴方を、守る……っ……そう、誓《ちか》い、ました……」

「あれはおまえが一方的に誓っただけだ。そんなことのために、なぜここまでする必要がある」

怒《おこ》ったような眼差《まなざ》しは、エドガーがそれだけ真剣《しんけん》だからだ。薫にはそれが伝わってくる。

「俺のためか？　それとも仕事だからか？　誰にでもおまえはそうなのか、ナイジェルのためでもそうやって自分を投げ出すのか――!?」

激情のままに叩《たた》きつけられた台詞《せりふ》は予想外のもので、ただでさえ意識が朦朧《もうろう》としている薫には上手《うま》く理解できなかった。

その代わりに最前の記憶《きおく》が押し寄《よ》せて、ふっと現実感が遠のいていく。

――もう駄目《だめ》だって……また捨てられたって、思ったのに……。

エドガーは、電話に出たとき声を出す前に薫だとわかってくれた。守りたかったからとはいえ裏切るようなことを言ったのに、彼は薫を切り捨てず、助けに来てくれた。

絶望する寸前で聞こえてきた足音と声。飛び込んできたその姿に泣きたくなるほどの安堵《あんど》と喜びに包まれた、あの瞬間《しゅんかん》のことを思い出し、激しく胸が揺さぶられる。

躊躇《ちゅうちょ》なく抱き締《だ》めて《し》くれた腕《うで》が今もこの身を包んでいると思うと、嬉《うれ》しくてどうにかなりそうだ。

その温もりに心の固い結び目がどうしようもなく解《と》かれていくのを、もう薫には止められなかった。

「……っ、貴方だけ、です……」

目尻《めじり》に溜《た》まった涙《なみだ》が溢《あふ》れ、こめかみを伝う。

「貴方のこと……守れたら、それでよかった。だから、嘘《うそ》を……それなのに、見捨てないで……助けに来て、くれて……っ」

嬉しかった、と薫は震《ふる》える両手をエドガーの背中に回した。ひとつも傷のないその身体を愛しさのままに抱き締める。

「よかった……あなたが、無事で…本当に、ほんと、に……っ」

泣きながらよかったと繰り返す。そんな薫を至近距離《きょり》から見据《みす》えた灰色の瞳《ひとみ》が、どうしていいかわからぬように揺れ、たまりかねた様子で引き絞られた。

「この、馬鹿《ばか》が……！」

常の皮肉な冷静さをかなぐり捨てた呟《つぶや》きが薫の鼓膜《こまく》を震わせたかと思うと、食らいつくようなキスが仕掛《しか》けられた。

激しく狂《くる》おしく求められる官能的な口づけに身体が疼きを思い出し、薫は必死にエドガーへと身を摺《す》り寄せる。

「…マイ・ロード、ド……」

「呼ぶな。エドガーでいい」

名前で呼べ、とキスの合間に命じられ、嬉しさのあまり薫はいっそう大胆《だいたん》になった。

「エドガーさま、も、きて……くださ……、お願、い」

唇《くちびる》を触《ふ》れ合わせたまま腰を揺らしてねだると、とろとろに蕩《とろ》けたその場所にエドガーの猛《たけ》りが宛《あて》がわれた。ぐちゅり…っ、と先端が中にめり込み、一息に奥まで貫《つらぬ》かれる。

「んぅ、っ、んーっ……！」

唇を塞《ふさ》がれたまま飢《う》えていた空洞《くうどう》を埋《う》められた。いきなり奥まで満たされる感触《かんしょく》に、きつく拘束《こうそく》してくる腕の中で堪《こら》えきれず昇《のぼ》り詰《つ》める。深く穿《うが》たれた腰を苦しく震わせながら、薫は目を閉じて、一度も触れられなかった性器から溜まっていた熱を吐《は》き出した。

しかし、薫の身体はそれだけでは楽になれなかった。いつものように額や頬《ほお》、泣《な》き濡れた目尻や泣きぼくろに唇で触れてくるエドガーに焦《じ》れて、爪先《つまさき》がもどかしくシーツを抉《えぐ》る。

「ん、ふ、ぁ……エドガー、さ……ま……っ」

「まだ無理だ。そんなに腰を使うな、手加減できなくなる」

「そんなの、い、から……っ」

薫の身体はまだエドガーの大きさに慣れていないし、達したばかりで呼吸もままならない状態だ。けれど、そんなことよりも内側から爛れてしまいそうな疼きのほうがよほど苦しい。こんな状態で気遣《きづか》われるのは、焦《じ》らされるのと同じことだ。

「あ、んっ…、もう……欲し、い……っ」

奥まで呑《の》み込んだ硬《かた》く熱いものに、内壁が卑猥《ひわい》な動きで纏《まと》わりついた。動いて欲しくて焦れた腰《こし》が捩れ、両膝《りょうひざ》がもどかしげに動く。脚《あし》の間にあるエドガーの腰を、摺り寄せた内腿《うちもも》で悩《なや》ましく愛撫《あいぶ》しているのは完全に無意識だ。これ以上焦らされたら、もう頭がおかしくなる。

「して、早く、ここに……して」

エドガーの首に両手を回し、がっしりとした腰に細い足を絡めて薫は堪えきれずに腰を揺《ゆ》らした。熱い身体《からだ》を早くどうにかして欲しくて、エドガーの顎《あご》の辺りをそっと舐《な》めて誘《さそ》い、すすり泣くように哀願《あいがん》する。

「お願い、中……なか、に、出して……っ……」

すると、くそ、と余裕《よゆう》のない声がして、ずん、と重い衝撃《しょうげき》が身体の芯《しん》を襲《おそ》った。

「ひぁっ、ア、あんっ……っ」

奥まで激しく突《つ》き上げられて、がくがくと視界が揺れた。待ち望んでいた刺激《しげき》に狂喜《きょうき》して跳《は》ねる腰を押さえ込むように摑《つか》まれて、感覚の狂った粘膜を抉るように擦《こす》られる。

耐え難いほどの快感が何度も電流のように背筋を駆《か》け上がった。そのたびに頭の芯まで快楽に灼《や》かれ、瞼《まぶた》の裏が真っ白になる。

「あっ、……っ、い、やっ、あぁっ……」

奥まで深く突き上げられて、びくびくと身体が快楽に跳ねた。何度も抉られ体内をめちゃくちゃにかき回されて、薫の肌《はだ》が桜色に染まり、霧《きり》を吹《ふ》いたような汗《あせ》が浮《う》く。

「あ、んっ、……っと、もっと、欲し……っ」

「薫……っ」

快楽を追うのに夢中になっていた薫は、苦しそうに名を呼ばれて固く閉ざしていた瞼を上げた。鼻がぶつかりそうなほど近くにエドガーの顔がある。息を詰め、なにかを耐《た》えるように眉《み》間《けん》に皺《しわ》を刻んだその表情に視覚からも煽《あお》られて、薫はふるりと身を震わせた。

「……っ、エド、ガーさ、ま……っ」

こんな顔を見るのは初めてだった。どんなときでも冷ややかな皮肉を湛《たた》えていた灰色の瞳。それが今は獰猛《どうもう》な熱を孕《はら》んで薫をじっと見つめている。薫だけを、見つめている。

嬉しくて、どうにかなりそうだ。

「…っ、あんっ、す、っき……っ」

理性も自我も、音を立てて崩壊《ほうかい》した。自分の気持ちを隠《かく》すことも、偽《いつわ》ることも、取り繕うこともできなくなって、薫は懸命にエドガーに縋《すが》り、赤裸々《せきらら》に自分を曝《さら》け出す。

「……すき…、好き、です……っ、貴方、が、好……き……」

「な、んだと？」

エドガーが一瞬《いっしゅん》、動きを止めた。

「今のは本心か」

情欲の滲《にじ》む声を耳に直接吹き込まれ、背筋をぞくぞく震わせながら薫は浮かされたように焦《しょう》点《てん》の定まらぬ目をして頷《うなず》いた。

「ほん、と……本当、に」

「ナイジェルよりも……？」

「…イ、ジェ……さま、より……」

「いいのか、そんなことを言って。……信じるぞ」

信じて、と疑い深く睨《にら》んでくるエドガーを薫は抱き締める。

「貴方が、好き……あなた、だ、け……っ」

好き、と呟いた瞬間、壊《こわ》れそうなほど強く抱き返された。

「薫……ッ」

「ひぁっ、あぁん…っ」

一際深く抉られて、甘い悲鳴を放った。きゅうっと引き絞《しぼ》るようにきつく締まったのに、エドガーの猛りにそこを強く押し開かれた。性器全体で内壁《ないへき》を擦られる容赦《ようしゃ》のない快楽に耐えかねた薫は、いやらしく腰を捩らせる。

「や、あっ、エド……っ、す、きっ……好き、」

「おまえは、俺のものだ。俺のものに、なれ。なると誓《ちか》え……ッ」

激しく揺さぶられ、なにを言われているのかわからないまま薫はがくがくと頷いた。

こんなにめちゃくちゃに犯されるのは初めてで、もうなにがなんだかわからない。ただ抱き締めてくれる腕が嬉しくて、体内に埋め込まれた熱が愛《いと》しくて、薫はエドガーに求められるままに身体を開き、自分からも必死に腰を揺らす。

「あ、だめ、出して……っ、な、か……っ、もう、や、いやぁっ……！」

やがて体内に注ぎ込まれる感触に薫は震えながら甘く啼《な》いた。けれど、

――まだ、足りない……。

もっと欲しい。終わりたくない。ずっとこのまま離《はな》れずにいたい。

媚薬《びやく》の効果の切れない身体と心がそう望むまま、薫は抱き締めてくるエドガーの胸に自分からも身を摺り寄せる。そして未《いま》だに身体の中にある、吐き出しても硬いままの楔《くさび》をきゅ、と柔《やわ》らかく締めつけて。

「お願い……もっと……」

しっとりと濡《ぬ》れた睫毛《まつげ》を羽ばたかせ、震える声で愛をねだった。

5

目覚めたとき、薫は自分がどこにいるのかわからなかった。

身体がだるくてあちこち痛んだ。けれど全身を包み込んでいる疲労感《ひろうかん》はなぜだか蜜《みつ》のように甘い余韻《よいん》を伴《ともな》い、どうしたことか胸の中まで綿菓子《わたがし》のように甘くふわふわとしている。

こんな気分で目覚めるのは初めてのことだ。

昨日、なにか良いことでもあっただろうか？　それとも夢見が良かったのかと薫は緩慢《かんまん》に瞬《まばた》きをした。

——それより、今何時だろう……？

時計を探して周囲を見回す。だが、あるべき場所に時計がない。その代わりに、自分の部屋には存在しない大理石のマントルピースを見つけ、薫は慌《あわ》てて跳ね起きた。

「ここは……っ」

マントルピースの上には、この屋敷《やしき》の当主の寝室《しんしつ》にあるはずの絵皿が飾《かざ》られている。

——まさか、ここはエドガーさまの寝室じゃ……。

そう認識した途端、薫の全身を覆《おお》っていた甘やかな余韻は一瞬で消し飛び、昨日の記憶《きおく》が凄《すさ》まじいスピードで頭の中を駆け巡《めぐ》った。

「そうだ、昨日——」

薫はダニエルに拉致《らち》されて妙《みょう》な薬を使われて、おかしくなった身体をエドガーに鎮《しず》めてもらったのだ。たしか自分はそのときに、

——好きです、なんて口走ったような、気が……。

半身を起こしたベッドの上で、薫は顔色を失った。

昨夜、自分はエドガーに好きだと打ち明けてしまった。一度だけでなく何度も、何度も繰《く》り返し告げて、なにもかもをエドガーの前に曝け出し、明け渡してしまった。

「そんな、どうしてあんなこと……っ」

足元から冷たいパニックが這《は》い上がってくるのを薫は感じた。冷静さを取り戻《もど》して今後の身の振《ふ》り方や善後策を講じなければならないのに、思考回路は凍結《とうけつ》し、ぴくりとも動かない。

とにかくエドガーの姿が寝室にないことを確認《かくにん》し、ほんの少しだけほっとした薫は、サイドテーブルに置かれたメモを見つけた。

『休暇《きゅうか》をやる。今日はここで休んでいろ。五時には帰る』

単なる文字のはずなのに、そのメッセージがエドガーの声で再生されて胸の鼓動《こどう》が速くなる。

「五時……五時には帰ってくるんだ……」

今は午後の一時を回ったところだ。気を失うようにして眠《ねむ》りについたのが朝になってからとはいえ、呆《あき》れるほどよく寝《ね》たようだった。

「あと四時間しかない」

四時間経《た》ったら、彼はここに帰ってくる。

どうしよう、と薫はうろたえた。どんな顔をしてエドガーに会えばいいのかわからない。

そんな薫を追い詰《つ》めるように、窓を叩《たた》く雨音が激しさを増してゆく。

——なんで。俺、どうしてあんなこと言ったんだ。

いくら催淫剤《さいいんざい》のせいで理性が甘くなっていたとはいえ、自分のあまりの愚《おろ》かしさにいっそ絶望的な気分になった。

薫は確かにエドガーのことが好きだ。

けれどそれを認めたのは、エドガーにはもう会えないと覚悟《かくご》を決めていたからこそだ。この気持ちを伝える気はなく、そんな機会もないとわかっていたから素直《すなお》になれただけのことで、そうでなければ認めるどころか自覚することさえなかったかもしれない。

——どうしよう……あんなこと、言うつもりなんてなかったのに。

薫は両手をきつく組み合わせた。それでも震《ふる》えが止まらなくて、組み合わせた手を冷えた唇《くちびる》に押し当てる。

あんなことを言われて、エドガーはどう思っただろう？　気持ちが悪いと思っただろうか。同性を遊びで抱《だ》くことと、同性から真剣《しんけん》に思いを寄せられることはまったく別の話だ。嫌悪《けんお》されても仕方がない。

薫にしても、あんなにも赤裸々に気持ちを明かすことになるなんて予想外もいいところだ。

ダニエルに襲《おそ》われて薬を使われたとき、この先自分はどうなるのかと怖《こわ》くてたまらなかった。恐怖《きょうふ》が強すぎた分、絶望の一歩手前でエドガーが助けにきてくれたときの安堵《あんど》と歓喜《かんき》は、押し込めていた感情をいとも容易《たやす》く解き放ち、押し流し、堰《せき》を切って溢《あふ》れさせるほど圧倒《あっとう》的なものだった。

好きだと言ったのは薬のせいだと言い逃《のが》れるのは、おそらく無理だ。あれだけ求めてしまった以上、とても誤魔化《ごまか》せる状況《じょうきょう》ではなく、かといって開き直ることなど薫にはとてもできそうにない。

本気になられるのは困るんだ——そんな幻聴《げんちょう》がエドガーの声で響《ひび》いてくる。

「わかってる……言われなくても、ちゃんとわかってるから」

立場を忘れ、同性相手に身分違《ちが》いの恋《こい》などしたらどうなるか、薫は身をもって知っている。

ましてやエドガーは貴族で、身分の格差は過去の恋とはまるで比較《ひかく》にならないのだ。

エドガーは十二世スタッドフォード伯爵《はくしゃく》だ。近い未来、伯爵家存続のために名家の令嬢《れいじょう》を妻に迎《むか》えることは決まりきっている。それなのに、使用人という立場も忘れて思いを明かしてしまうなんて、なんて馬鹿《ばか》なことをしてしまったのだろう。

——気持ちを知られたら、捨てられる。もういらないって、絶対、言われる。

七年前と同じように、邪魔《じゃま》だから出て行けと追い出されるに決まっている。

そう断じる一方で、けれど薫はかすかな期待を抱かずにはいられなかった。エドガーは昨日、薫を助けてくれたのだ。自分など切り捨ててしまえばそれで済んだはずなのに、自ら助けに来てくれた。だから、もしかしたら追い出したりはしないかもしれない。

——もし、そうでも……追い出されなかったとしても、それでここにいられるのか？

薫は自分に問いかける。

エドガーが結婚《けっこん》しても、一番近くで仕《つか》えていくだけの強さが自分にあるだろうか。エドガーだけでなく、彼の妻となった女性にも心を込めて仕えていくだけの覚悟を持つことができるだろうか。

——そんなの、無理だ。

は…、と薫は泣き笑いの表情で息をついた。

そんなこと、できるわけがない。そんな強さがあったなら、自分は今、英国にはいなかったはずだ。孝司の傍にはいられなくても、日本を離れはしなかっただろう。

それに、薫は遠からず追い出されるに違《ちが》いないのだ。昨日の失態はさすがにエドガーの許容範囲《はんい》を超《こ》えているだろう。その上、あんなことを口走ったのだ。

エドガーにとって自分など、いくらでも替《か》えのきく使用人兼《けん》遊び相手に過ぎないのに。

——そうだ。あの人が俺を抱くのは、単に都合がいい事と身体《からだ》の相性がいいからじゃないか。思えば特別でもなんでもない、ただそれだけのことだった。

昨日、助けてくれたのは雇用主《こよう》としての責任感からだったのだろう。薫は確かに好きだと言ったが彼が応えてくれた記憶はないし、片思いだということはわざわざ確認するまでもない。

じわりと視界が滲《にじ》みそうになり、薫は慌てて目に力を込めた。胸苦しさに喉《のど》がしゃくりあげるような音をたてたが、それが嗚咽《おえつ》になる前に無理やり飲み込む。

「これだから恋愛《れんあい》なんて嫌《いや》なんだ。こんなふうになるってわかってたから、もう誰も好きにはならないって決めたのに――……」

いつの間に、こんなに好きになっていたのだろう？　出会ってすぐの頃《ころ》、あんなに嫌《きら》っていたのが嘘《うそ》みたいだ。

――これから、どうすればいい？

あと四時間でエドガーが帰宅する。それを思うだけで身体が震えた。面と向かって出て行けと言われるのはさすがに辛《つら》く、想像するだけで心臓が潰《つぶ》れそうだ。エドガーの傍にいたいと願っているのに、今はもう顔を見るのも声を聞くのも考えただけで恐《おそ》ろしい。

――どうしよう。

役立たずの思考は結局そこへ舞《ま》い戻る。平常心を失い、半ばパニックに陥《おちい》った薫はうろたえて視線をさまよわせるばかりだ。

風と雨が強くなったのか、雨滴《うてき》が窓を斜《なな》めに流れてゆく。それを見ていたら、なぜだろう、ふいに闇《やみ》に舞う雪のイメージが蘇《よみがえ》り、薫は心臓を氷の手に摑《つか》み取られたような衝撃《しょうげき》を受けた。

――……駄目《だめ》だ。

二度も捨てられるなんて、耐《た》えられない。

かといって、ここに残るのも無理だ。

――だったらもう、逃《に》げるしかない。

発作的に決断を下し、薫は急いでベッドを降りると自分の部屋へ駆《か》け戻った。

一分一秒でも早く、ここから出て行かなければならない。そんな思いに急《せ》かされて、慌《あわ》ただしくシャワーを浴び、身支度を整える。

そして降りしきる雨の中、自分の気持ちに追い立てられるように薫は屋敷《やしき》を抜《ぬ》け出した。

＊

アーリントン侯爵邸《こうしゃくてい》はホテル・リッツの先にある。

途中《とちゅう》で拾ったミニキャブを降りてその扉《とびら》を叩いたとき、薫は血の気の引いた頰《ほお》を強張《こわば》らせていたが、ナイジェルの書斎《しょさい》に通されて彼と顔を合わせたときには、なんとか笑顔《えがお》を作ることができた。

「事前になんの連絡《れんらく》もせず、突然押《とつぜんお》しかけて申し訳ありません」

青ざめた顔での無理な笑顔にナイジェルは眉《まゆ》をぴくりとさせたが、いや、と軽く首を振っただけで、それについてはなにも言わなかった。

薫は勧《すす》められた椅子《いす》にかけ、どう話を切り出そうかと滞《とどこお》りがちな思考を巡《めぐ》らせる。その間に熱いミルクティーを運んできたメイドが退室し、ドアが閉まると同時にそれまで黙《だま》っていたナイジェルが口火を切った。

「訊《き》きたいことは色々あるが、とにかく無事な姿を確認できてよかった。明日、見舞《みま》いに行くつもりだったんだ。今日一日ゆっくり休養すれば薫も少しは落ち着くだろうから、その後でと思ってね」

まるで昨日の出来事を知っているかのような口ぶりに、薫は伏《ふ》せていた目を上げた。

「……ご存じなのですか？」

「大体のことは。ダニエルのことは、伯爵家の息のかかった病院へ預けると今朝エドガーから連絡があったよ。今日中にすべての手続きと身柄《みがら》の移送を済ませる、と」

大変だったね、と続いた労《いたわ》りの声が胸に響く。薫の不自然な行動と顔つきを昨日の一件のせいだと勘違《かんちが》いして、ナイジェルが慰《なぐさ》めるように背を撫《な》でてくる。その温かい手のひらに、ともすると弱くなった涙腺《るいせん》を刺激《しげき》されそうで薫は顔を俯《うつむ》けた。

「――もう、無理です」

話の順序を考えることもできず、気づけば薫は告げていた。

「ご期待にそえず、申し訳ありません。ですが、わたしはもう伯爵家には……」

「うん。そうか」

ナイジェルが頷《うなず》く気配が伝わってきた。

「あんな目に遭《あ》わされたのだから当然だ。薫が謝ることはないよ、頑張《がんば》っていたことはよくわかっているのだからね。伯爵家に居づらいようなら、いつでもここに——」

「いいえ、違うんです。そうじゃない」

力なく首を振《ふ》り、薫は顔を上げた。

「その事は関係ありません。スタッドフォード卿《きょう》やダニエル卿のせいではないのです。ただ、わたしの——わたしが、悪いのです」

「薫？」

どうしたんだ、と言外に問いかけてくるナイジェルに、薫はますます人形のような無表情になった。

「わたしが悪いのです。自分の立場をわきまえず、身勝手なことをしてしまいました」

努めて平坦《へいたん》な声を出すと、薫、とナイジェルが気遣《きづか》わしげに呼びかけてくる。その優しい響きが居たたまれない。

「お役に立てず申し訳ありませんでした。それだけ言いたくて……。それでは、わたしはこれで——」

お暇《いとま》を、と今にも席を立とうとしていた薫は、次の瞬間《しゅんかん》、なんの前触《まえぶ》れもなく核心《かくしん》を衝《つ》かれて息が止まりそうになった。

「エドガーを好きになったのか？」

「――っ!?」

問いかけるふうでありながら、確信を持ったナイジェルの指摘《してき》に薫は違うと否定しようとし、けれど声が出せなかった。まるですべてを見透《みす》かされているかのようで、薫がなんとか紡《つむ》ぎだそうとした嘘や誤魔化《ごまか》しは喉の奥に封《ふう》じられてしまう。

「ナイジェルさま……」

ただでさえ青ざめていた顔を今や紙のように白くして、薫は小さく首を振る。

違う、という意思表示ではなかった。暴かないで欲しい、もうそこには触《ふ》れないで欲しいという、それは必死の懇願《こんがん》だ。

けれどナイジェルはその穏《おだ》やかな物腰《ものごし》に反して、追及《ついきゅう》の手を緩《ゆる》めようとはしなかった。

「隠《かく》しても無駄《むだ》だよ、薫。僕はきみのことを子供の頃から知っているんだ。初恋《はつこい》を自覚して辛そうにしていたことも、それが叶《かな》って幸せそうだった頃のことも知っている。もちろん、その後のことも」

「ナイジェルさま、どうかもう、それ以上――」

「自分ではわからないのだろうが、今の薫はあのときと同じ顔をしているよ」

「……っ」

駄目だ、と薫は罪を暴かれた罪人のようにうなだれた。

やはりナイジェルは誤魔化せない。

役に立たなかった自分を彼は軽蔑《けいべつ》しただろうか。そうでなければ懲《こ》りずに同じ事を繰《く》り返す自分に呆《あき》れたかもしれない。

諦《あきら》めにも似た気持ちで薫はそう思った。けれど、そっと肩《かた》に置かれた手の温かさにナイジェルを見ると、思慮《しりょ》深い緑の瞳《ひとみ》は常と変わらぬ優しさを湛《たた》えてこちらに向けられている。

「……申し訳、ございません」

安堵《あんど》と悲しみと自己嫌悪《けんお》が胸の中で一度に膨《ふく》らんだ。それは薫の喉を塞《ふさ》ぎ、涙腺を強く刺激する。だが、堪《こら》えた。泣いたって仕方のないことだ。

「ナイジェルさまのおっしゃる通りです。わたしは、エドガーさまを……」

ナイジェルの眼差《まなざ》しに促《うなが》されるまま、薫はエドガーと性的な関係を結んでいたことは伏せて、これまでにあったことや自分の気持ちの移り変わりを洗いざらい打ち明けた。ときに感情が乱れて混乱し、途切《とぎ》れ途切れに語られる話はさぞや聞きづらかったことだろう。けれどナイジェルは薫の話を最後まで黙って受け止めてくれた。

やがて薫は告白を終えて、冷えた唇《くちびる》を結んだ。

手付かずのまま冷めてしまった紅茶を新しいものに換《か》えさせて、ナイジェルはそれを一口飲むと、おもむろに口を開いた。

「――薫。クラリッジで開かれたレセプションで倒《たお》れたことを憶《おぼ》えているかな」

「はい」

急な話題転換《てんかん》だったが、薫がそれを疑問に思うことはなかった。これまで胸に溜《た》めてきたものを吐《は》き出したことで安心したような、空虚《くうきょ》なような、奇妙《きみょう》な虚脱《きょだつ》感に襲《おそ》われていた。

それでもレセプションの夜の不甲斐《ふがい》なさを思い出せば、さすがに惨《みじ》めな気持ちになる。

ダニエルに騙《だま》されたことは半ば忘れていたけれど、その後の、エドガーとの関係を一変させた出来事は薫の心に深々と刻みつけられていた。

「あのとき、僕は父の知人に捕《つか》まっていて身動きがとれなかったんだが、エドガーが意識のない薫を抱《だ》いて会場から出て行くのは目にしていた。なにか体調に問題があったのかと心配になってね、様子を確認したかったから彼の携帯《けいたい》に電話をかけた。そうしたら、逆に質問されたんだ。ヒトリニシナイデとは、どういう意味か、と」

「え……？」

「きみがそう言って離《はな》れないんだと言っていたよ。他《ほか》にもいくつか尋《たず》ねられた。すべて日本語だったからエドガーには意味がわからなかったんだ」

「なっ……!?」

ひとりにしないで――。

そう言って、自分はエドガーに縋《すが》ったのか。酔《よ》って正体を失《な》くして？

──他にもいくつか、って……。

いったい、なにを口走ったのだろう？　どうやらナイジェルは知っているようだが、確認するのは怖《こわ》かった。

「父と僕がきみを伯爵《はくしゃく》家の執事《しつじ》として推薦《すいせん》したのはね。こう言っては申し訳ないし、きみを傷つけるかもしれないが、きみのそういった面を心配していたのと同時に、期待してもいたからなんだ」

「期待……？」

心配してくれていたというのは有り難いけれど、期待というのは理解できなかった。心配な面がある場合、きちんと仕事ができるかどうか不安になるものではないだろうか。

薫の目に浮《う》かんだ疑問に軽く頷きながら、ナイジェルは話を続ける。

「エドガーは幼い頃《ころ》にお母上を亡くし、義母の虐待《ぎゃくたい》を受けて育った。父はエドガーを危《あや》ういところで助けることができたけれど、それも随分《ずいぶん》後のことだったからね。日常的に暴力と悪意に晒《さら》され続けてきた彼は、息子の苦しみを知りながら放っておいた父親や見て見ぬ振りを決め込んだ周囲の人間の態度を見て、人を信じられなくなっていた」

それは知っているね？　と目を覗《のぞ》き込まれて、薫はこくりと頷く。ナイジェルも小さく頷き返した。

「そんなふうに育った人間はこの世に大勢いるのだろう。だが、僕は違《ちが》った。幸いなことに両親の惜《お》しみない愛情を受けて育ったんだ。だから想像することはできても、エドガーの苦しみの根本には近づけない。彼の方でも僕という存在を認めてくれてはいるようだが、ある一定の距離《きょり》で線を引き、そこから先には踏《ふ》み込ませない。そして、それは薫——きみも同じだった」

急に話の矛先《ほこさき》を自分に向けられ、薫は目を瞬《しばたた》く。

「ナイジェルさま……？」

「きみは僕を兄のように慕《した》ってくれている。それはよくわかっているんだ。きみは子供の頃も、この屋敷《やしき》の副執事として働きだしてからも、僕を信頼《しんらい》してくれていた。だが、薫にはいつも遠《えん》慮《りょ》があっただろう？　あと一歩の距離を、それが縮めさせてくれなかった」

それは、と反論しかけ、けれど薫はなにも言えなかった。ナイジェルの言うことは事実だったからだ。

日本を離れ、侯爵《こうしゃく》家で働くようになってようやく得た心の平穏《へいおん》。それを与《あた》えてくれた侯爵やナイジェルの信頼に応《こた》えようと懸命《けんめい》に仕えていたけれど、薫はいつも不安だった。

バトラーとしての働きを見て、優秀《ゆうしゅう》だから副執事として迎《むか》えたいと侯爵は言ってくれたけれど、実はそれは口実で、必要とされているのではなく哀《あわ》れまれているだけではないのかと、つい浅ましい疑念が湧《わ》き起こってしまうからだ。

薫の孤独《こどく》と必死の恋《こい》をその目で見てきたナイジェルは、それが破れた後のことも知っていた。軽薄《けいはく》で性質《たち》の悪い男たちに欲望の対象として見られ、友達にも襲われかけて、なんでもない振《ふ》りをしながらも実は酷《ひど》く傷ついていたことにも彼は気づいていたのだろう。もしかしたら友人達は冗談《じょうだん》のつもりだったのかもしれないが、薫にとっては笑って済ませられることではなかった。薫との友情や信頼関係など、彼らにとっては一時の欲望を満たすためには簡単に捨てられる程度のものだと宣言されたも同然だったからだ。

やけになって遊び歩いた時期は精神的に最悪な状態だった。身体《からだ》だけを求められ、性欲を処理するためだけに好き勝手に扱《あつか》われる経験は、自分自身など紙くず以下の存在なのだと薫の心に刷り込んだ。

自分になんの価値もないことはわかってる。だから愛して欲しいなんて、我《わ》が儘《まま》は言わない。けれど、必要だと言って欲しかった。身体や外見だけでなく、薫自身が誰かに必要とされ、誰かの役に立ちたかった。

その思いが断ち切りがたい初恋への未練と結びつき、薫をホテルへ就職させた。旅館に勤める気にはなれなかったけれど、せめて孝司と同じ業界に身を置いていたかった。同じ世界で人の役に立つ人間になりたかったのだ。

そんな自分を侯爵とナイジェルは見守っていてくれた。薫がホテルに就職すると、日本へ来るときは『松乃屋』ではなく薫の勤めていたホテルに宿泊《しゅくはく》するようになった。

バトラーは難しい仕事だったが毎日が充実《じゅうじつ》していた。けれど、そのホテルに孝司の妻が憧《あこが》れていたなんて薫は知らなかった。だから薫という伝手《つて》を利用して、年に二回、結婚《けっこん》記念日と彼の妻の誕生日に必ず夫婦で泊《と》まりに来ることになるなんて思わなかったのだ。

仕事は好きだった。向上心もあった。周囲にも評価され、やりがいも感じていた。

けれど心がどうしようもなく疲弊《ひへい》して、苦しくてたまらなくなっていた。

そんなときだ。英国で執事として働かないかと侯爵に誘《さそ》われたのは。

それはとても有り難い申し出で、本場で勉強できるなんて薫には願ってもないことだった。

けれど、困惑《こんわく》してもいたのだ。

——だって、ここまでしてもらう理由がない。

家族もおらず、好きな人には遊ばれて捨てられ、友人達にさえ信頼関係を築く価値のない人間だと判断された自分などに、なぜここまでよくしてくれるのか。薫には、幼い頃から知り合いであるがゆえの同情心としか思えなかった。

同情されるのは嫌《きら》いだ。こんな自分でもプライドはあった。

けれど当時は今にも心が折れそうで、侯爵とナイジェルが相手では張り通すだけの意地もなかった。彼らの同情に限りなく近い厚意に甘えてしまったことは、薫のなかで負い目になってしまっている。慎重《しんちょう》に隠《かく》していたはずのそれを、聡《さと》いナイジェルは見抜《みぬ》いていたようだった。

「馬鹿《ばか》だな、薫は」

黙《だま》りこんだ薫の頭をナイジェルが軽く小突《こづ》いてきた。

「気にしすぎるのはきみの悪い癖《くせ》だ。利用できるものは利用すればいいいし、甘えていいと言われたら素直《すなお》に甘えればいいんだ。自分の良心と相手の信頼を裏切りさえしなければ、それは少しも悪いことじゃない。もっとも今回、父と僕のしたことはその境界を越《こ》えたものだったようだ。反省すべきは僕らのほうだね」

きみの信頼を裏切るような真似をしてしまった、とナイジェルが表情を曇《くも》らせる。

「そんな、これまでも今も、ナイジェルさまに裏切られたなんて思ったことはありません」

薫は慌《あわ》てて首を振ったけれど、薄《うす》く微笑《ほほえ》んだナイジェルの瞳《ひとみ》から後悔《こうかい》の色は消えなかった。

「いや。やはり自分勝手な思い込みだった。きみならエドガーの孤独に触《ふ》れられるんじゃないかと、父と僕はきみに一言の相談もなく考え、それを一方的に押し付けたんだ。きみはご両親を亡《な》くし、恋を失《な》くし、他にも色々と傷ついて色んなことを諦《あきら》めてしまったが、人のために尽《つ》くしたり、心を痛める優《やさ》しさを失うことはなかったから」

だから期待してしまったのだと、ナイジェルは自嘲《じちょう》して立ち上がる。

「愛することや愛されること、喪失《そうしつ》、裏切り、孤独。そうしたものを等しく心に刻んだきみなら、エドガーに添《そ》うことができるのではないかと思ったんだ。そして、上手《うま》くいけばふたり一緒《いっしょ》に救われるのではと期待した。きみには迷惑《めいわく》な話だったね。すまなかった」

「そんな、迷惑だなんて」

窓ガラスに映ったナイジェルに向けて、薫は必死に首を振ってみせる。

アーリントン卿《きょう》とナイジェルが、エドガーだけでなく自分のことまで心配してくれていたなんて夢にも思わず、驚《おどろ》いたけれど、それを迷惑だと思うはずがなかった。彼らの密《ひそ》かな企《たくら》みは薫を傷つけるものではなく、むしろ有り難いことだったのだ。

薫が素直にエドガーを主人と仰《あお》ぎ、執事として忠実に仕えていれば問題はなかったのだろう。ナイジェルたちの期待通り、徐々《じょじょ》に歩み寄れたかもしれない。それなのに恋をするなんて大きな間違《まちが》いを犯したせいで、なにもかもぶち壊《こわ》しにしてしまった。

「謝るべきなのはわたしの方です。本当に申し訳ございません。スタッドフォード伯爵家の執事はアーリントン侯爵家から遣《つか》わされたと、広まってしまっているのに」

こんなに簡単に伯爵家を離《はな》れたら、侯爵家の使用人の質を問われることになりかねない。それがわかっているのに、どうしても伯爵家には戻《もど》れない。

「侯爵家の体面など、どうでもいいよ。きみが後悔しないのなら」

後悔なら、今まさにしているところだ。しかし、続いたナイジェルの言葉に薫は思わず顔を上げていた。

「辞《や》めるのはかまわない。それについて侯爵家のことは考慮《こうりょ》に入れる必要はない。だが、薫。よく考えてごらん。それで本当にいいのかどうか」

「ナイジェルさま？」

「あれから初めてだろう、誰かを好きになることができたのは。それなのに、このまま逃《に》げ出していいのか？」

いいのかと問われれば、よくはない。本音を言えばエドガーの傍にいたかった。けれど薫はおそらく解雇《かいこ》されるだろうし、されなかったとしてもこんな気持ちを抱《かか》えたまま傍にいることには耐《た》えられない。逃げる以外にどうすることもできないのだ。

「スタッドフォード卿は伯爵《はくしゃく》家のご当主です。使用人がこんな気持ちを抱《いだ》くことは許されない。それに卿はわたしのようなものに思いを寄せられても、ご不快なだけでしょう」

「それはどうだろう？」

考え深げにナイジェルが視線を宙に向けたが、薫は首を振って否定した。同性の上、生きる世界が違《ちが》うのだ。使用人に恋愛《れんあい》感情を持たれるなんて、エドガーには迷惑なだけだ。

「薫は無理だと思っているわけか。だが、ここで逃げてごらん。必ず後悔する」

「後悔なんて……」

するかもしれないし、しないかもしれない。先のことは誰にもわからない。

けれどナイジェルが確信を持って断言するので、なぜ今そんなことを言うのだろうかと薫は内心うろたえた。孝司に捨てられた後、薫が『松乃屋』から逃げ出したとき、そして日本から逃げ出したときも、彼はそんなことは言わなかったのに。

「孝司のときは、どんな形であれ結果が出ていたからね」

薫の戸惑《とまど》いを読んだのか、ナイジェルが穏《おだ》やかに言葉を継《つ》いだ。

「あれはもうどうしようもないことで、手を加えることはきみにも誰にもできなかった。だが、エドガーのことは違う。まだなんの結論も出ていないんだ。中途半端《ちゅうとはんぱ》で逃げだしたらきっと引き摺《ず》ることになるよ。きみは情が深いから、簡単には忘れられない」

そうかもしれない。どこか暗い穴に突《つ》き落とされるような気持ちで薫は漠然《ばくぜん》とだが納得した。明確に振られた孝司のことでさえ、こんなにも長い間引き摺った。もちろんそれは無防備な状態で受けた傷が深かったせいもあるけれど、結果が出ないままというのも同じようなことになりそうな気がする。ナイジェルに指摘《してき》された通り、今逃げたら自分の気持ちに区切りをつけられず一生抱えていくことになるのかもしれない。それはさすがに辛《つら》そうだ。

――だったら、やっぱりきちんと決着をつけたほうがいいのかもしれない。

それはそれで、やはり痛い思いをすることになるのだろうけれど。

「……ああ、やっぱり来た。おいで、薫。見てごらん」

窓際に立ったナイジェルに指先で呼ばれ、薫は窓辺へと歩み寄る。

窓の外はもう宵闇《よいやみ》が降りていた。その中を、一台の車が侯爵邸へ向かってくる。

門の前に乱暴に横付けにされたのは見覚えのあるＢＭＷだ。運転席のドアが開き、降りてきた人影《ひとかげ》を見て薫はまさか、と目を瞠《みは》った。

「エドガーさま……!?」

彼を見間違《みまちが》えるはずはない。あの人影はエドガーだ。

彼はまっすぐに侯爵家の玄関《げんかん》へ向かってくる。

「あ、……っ」

どうしよう、と薫は思わず逃げ場所を探した。おろおろと目を泳がせていると、ナイジェルが宥《なだ》めるように、とん、と背中を叩《たた》いてくる。

「ナイジェルさま……」

「会いたくなければ隣《となり》の部屋へ。エドガーには僕がひとりで会おう」

ただし、と緑の瞳が厳しさを帯びた。

「今、エドガーに会わず逃げるなら、もう二度と会わせないよ」

「え……」

す、と頭から血の気が引いた。ナイジェルの瞳に宿った光の強さに、薫は彼の本気を感じた。彼が薫とエドガーを会わせないと決めたら、きっと本当に二度と会えない。

――それで、なんで動揺《どうよう》するんだ。

薫はきゅっと唇《くちびる》を噛《か》み締《し》めた。

もうエドガーには二度と会わない。そう決めたのは自分自身のはずだ。そのために屋敷《やしき》から逃げ出してきた。

それなのに、いざそれが現実になろうとすると身を引き裂《さ》かれるように辛かった。エドガーに邪魔《じゃま》だと面と向かって言われる怖《こわ》さより、このまま会えなくなることのほうがずっと胸が苦しいのだ。

「今、決めなさい。戻るか、逃げるか」

「そんな、ナイジェルさま」

あくまでも穏やかに選択《せんたく》を迫《せま》られ、薫は思わず泣きそうになった。自分の気持ちを打ち明けてしまった今、どんな顔をしてエドガーに会えばいいのかわからない。けれど――。

「会えなくなるのは嫌《いや》だろう？」

「……は、い」

「だったら戻って、ちゃんと話し合うんだ。それで駄目《だめ》なら帰っておいで」

本当の兄のように優しく諭《さと》され、薫がこくりと頷《うなず》いたとき、傍若無人《ぼうじゃくぶじん》な足音と執事《しつじ》の引き止める声が響《ひび》いてきた。言葉を重ねる執事に向かって「うるさい」と低く一喝《いっかつ》し、あの足音が階段を半ば駆《か》け上って廊下《ろうか》に大きく響き始める。

迷いのない足取りが書斎《しょさい》の前で止まると、ノックもなしに蹴《け》り破る勢いで扉《とびら》が開け放たれた。

「やっぱりここにいたか」

怒《いか》りもあらわな灰色の視線に射竦《いすく》められて薫はびくりと肩《かた》を揺《ゆ》らしたが、目を逸《そ》らしはしなかった。もうすぐ嫌でも会えなくなるのだ、できる限り見つめていたい。どんな表情でも覚えておきたい。

「……うちの馬鹿《ばか》が世話になったな」

エドガーが切れ味のいいナイフのような目でナイジェルを睨《にら》みつけた。

怖いな、とナイジェルが苦笑《くしょう》しつつ肩を竦《すく》める。

「そう睨まないでくれないか。きみが心配するようなことはなにもないよ」

「それについては、後でこれに確認《かくにん》する」

言って、エドガーが薫へと歩み寄ってきた。青白い炎《ほのお》が迫ってくるような迫力《はくりょく》に思わず後退《あとじさ》りすると、エドガーがぴくりと眉《まゆ》を跳《は》ね上げて強引《ごういん》に腕《うで》を摑《つか》んでくる。そのまま引き寄せられたかと思うと、腕を摑まれたまま痛いほどの力で肩を抱かれた。

「前にも言ったがな、ナイジェル」

エドガーは薫を捕《つか》まえると、ナイジェルを振《ふ》り返った。

「これは既《すで》にうちの執事だ。これの扱《あつか》いについて、おまえに口出しをされるいわれはない」

これの始末はこっちでつけるとエドガーは言い渡《わた》し、薫を引き摺って書斎を出て行こうとする。覚悟《かくご》を決めて薫がエドガーに従うと、ふいにナイジェルがエドガーを引き止めた。

「待ってくれ、エドガー」

「なんだ。やっぱり返せとでも言うつもりか？」

ナイジェルがいつになく張り詰《つ》めた表情をし、エドガーが地を這《は》うような声で応じる。

二人の間に挟《はさ》まれた薫は、彼らの険悪な雰囲気《ふんいき》に気が気ではない。なんとか執《と》り成《な》せないかと口を開きかけると、黙《だま》っていろと言わんばかりに肩を抱くエドガーの指に力が込もった。

ナイジェルがおもむろに口を開く。

「薫は伯爵家の執事だ、それについては異存はない。ただ、薫は僕にとって弟のような存在なんだ。大事にしてくれるのなら、連れて行くことに異議を唱えるつもりはない」

だが、と一旦《いったん》言葉を切り、

「もし昨日のようなことが今後あれば、その限りではない。これ以上薫を危険な目に遭《あ》わせたり傷つけるようなことがあったら、僕はきみを許さない。薫は、なにを置いても連れ戻《もど》す」

ナイジェルが、これまで薫が見たこともないような険しい顔つきでエドガーを見据《みす》えた。

それを受けたエドガーの、ただでさえ鋭《するど》い眼差《まなざ》しが凄《すご》みを増して眇《すが》められる。

「あんなことが二度もあってたまるか。おまえがこれに余計な手出しをする機会も今日が最後だ、よく覚えておけ」

執り成そうにも言葉が出ずに、妙《みょう》に緊迫《きんぱく》したそのやり取りを薫は固唾《かたず》を呑《の》んで見守っている。

そんな薫の頭上でふたりはしばし睨み合っていたが、ほどなくナイジェルが肩の力を抜《ぬ》き、両手を軽くあげてみせた。エドガーはそれに顎《あご》を引き、がっちりと薫の肩を抱いたまま踵《きびす》を返して歩き出す。

「あ、あのっ……」

「まったくおまえは少し目を離《はな》せばひらひらと……。自分の主《あるじ》が誰で帰る場所がどこなのか、いい加減憶《おぼ》えろ」

帰るぞ、と手を引くエドガーの言葉をどう捉《とら》えればいいのかわからず、薫は困惑《こんわく》に眉を曇《くも》らせたまま侯爵家を後にした。

＊

昨日の一幕を再現するかのように突然《とつぜん》現れたエドガーに連れられてノッティング・ヒルの屋敷に帰ってきた薫は、やっぱり昨日と同じようにエドガーの寝室《しんしつ》に引き入れられた。侯爵家でのエドガーとナイジェルのやり取りを思い返すと、どういうわけかエドガーはまだ薫のことを自分の執事と認識しているようだ。

――でも、好きだなんて言われて、気持ち悪くないのかな。

男女の別なく言われ慣れているから、気にならないのだろうか。いや、もしかしたら。

――なかったことにされた、とか……？

もしそうなら、さすがに辛い。自分の告白など耳を貸すだけの価値もないのだろうか。そんなふうに無視されるくらいなら、いっそ嫌《きら》いだと言われたほうがましだ。

そこまで考えて、そんな心配が無意味なことを薫は思い出した。

始末はつけると、薫は先ほど言われていたのだ。始末と言うからには、やはり解雇《かいこ》されるのだろう。そうなったら本当に、もう彼の傍にはいられなくなる。

「戻った途端《とたん》、憂《うれ》い顔か」

床《ゆか》を見つめて立ち尽《つ》くす薫に、エドガーが苦々しく吐《は》き捨《す》てた。

「やはりおまえは侯爵家にいたいのか。そんなにナイジェルがいいのか？　俺よりも」

「え、？」

思わぬ台詞《せりふ》に顔を上げた薫は、はっと目を見開いた。顔を背《そむ》けたエドガーの瞳《ひとみ》に傷ついた色が過《よぎ》るのを見てしまったからだ。けれどそれは一瞬《いっしゅん》のことで、薫の勘違《かんちが》いかもしれない。どちらにせよ、エドガーはこちらに背を向けてしまったので確かめることはできなかった。

「おまえは俺の前では笑わない。ナイジェルが相手だと笑顔《えがお》じゃないときがないくらいだがな。……だが、もしかしたら今日は笑うんじゃないかと期待した。帰ってきたら、おまえはいなくなっていたが」

「それは……」

「いや、いい。この屋敷に来てから、おまえにはろくなことがなかったからな。そこへ昨日のあれだ、嫌になっても仕方がない。だが、俺はおまえを手放す気はない」

え、とわずかに瞠《みは》った目を、薫は数度、瞬《また》かせた。

——手放す気はない、って……？

なぜ、と声にならない問いかけを唇《くちびる》だけで呟《つぶや》いた。始末をつけると言われたときから正式に解雇されるのだろうと考えていた薫にとって、エドガーの発言は予想外のものだ。

「おまえがナイジェルのもとに帰りたいと思うのも、俺から逃《に》げたいと思うのもおまえの自由だ。思うだけならな。だが、行動に移すことは許さない」

薫の動揺《どうよう》に気づいているのかいないのか、エドガーはくるりと振り向くと、まるでこの場に縫《ぬ》いとめようとするかのように強い眼差しで薫を射た。

「おまえは返さない。ここにいろ」

薫はとっさになにを言われたのか理解できなかった。瞬《まばた》きも忘れてエドガーを見つめ、告げられた言葉を反芻《はんすう》する。理解しがたいエドガーの台詞をなんとか必死で飲み込んだ後、やっとのことで出てきたのは子供のような問いかけだった。

「ここにいろって、どうして……？」

「そんなこと知るか。俺が訊《き》きたいくらいだ」

間髪《かんはつ》入れずに答えたエドガーが、眉を逆立てて畳《たた》み掛《か》ける。

「とにかく嫌なんだから仕方がないだろう。おまえが俺以外の誰かのもとで笑って食べて眠《ねむ》って、毎日生活するのかと思うと腹の底から不快感が込み上げてくる。おまえが他《ほか》の男——たとえばそれがナイジェルでもいい、奴《やつ》のものになるかもしれないと考えただけで心臓が真っ黒に焦《こ》げつくかと思うほどだ」

想像するのもおぞましいとばかりにエドガーが一瞬、表情を歪《ゆが》めた。

「だから、おまえは俺の手元に置く。おまえには、俺の知らないところで息をすることも許さない。もう侯爵家《こうしゃく》にも日本へも帰さないから、おまえも帰れると思うな」

わかったな、と念を押すように底光りのする目で睨まれたけれど、エドガーの言葉をどう受け取ればいいのかわからず、薫は頷《うなず》くことも首を横に振ることもできなかった。

「あの……それは、どういう……？」

普通《ふつう》に考えれば、それはある種の期待を抱《いだ》かせる台詞だ。が、ストレートすぎて裏があるのではないかと薫はつい疑ってしまう。それに薫にとって英語が母国語ではない以上、語学力不足で自分に都合のいい解釈《かいしゃく》をしてしまっているという可能性も否《いな》めない。

戸惑《とまど》いや不安の色もあらわにエドガーを見つめ返した薫は、返事を迫《せま》る視線の圧力に負け、しかしイエスともノーとも言いようがなく、おずおずと根本的な疑問を口にした。

「あの、貴方にとってわたしは執事《しつじ》で、それから……遊び相手に過ぎないはずです。始まりは貴方の単なる好奇心《こうき》からでしたし、わたしのことも信用してくださらず、追い出そうとなさっていた。それが、なぜ……？」

槍《やり》のようだったエドガーの視線が揺《ゆ》らぎ、逸《そ》らされた。苦く歪んだ口元が、それは、と低く声を押し出す。

「最初はなにもかも気に入らなかったんだ。執事としてはおまえは若く、経験が足りない。しかも外国人だ。簡単に信用できないのは当然だろう。その上、おまえは初めてこの屋敷《やしき》にきたときから新しい主人となるこの俺をさしおいて、ナイジェルにばかり気を配っていたからな」

俺のことなど見向きもしなかった、と苦々しく吐き捨てたエドガーは、そのときの苛立《いらだ》ちを思い出したのか咎《とが》めるような目を向けてきた。

「おまえは俺を無視していた。初対面のときだけじゃない、その後もだ。この屋敷に留《とど》まっていたのは侯爵家のためだったんだろう？　もっと言うなら、紹介者兼俺《しょうかいしゃけん》の友人であることを公言して憚《はばか》らないナイジェルの面目を保つためだ」

「それは……」

最初は確かにその通りだった。反論できず、薫は言葉を濁《にご》して目を伏《ふ》せる。

「適当な理由を見つけて解雇しようにも、おまえは仕事の手を抜かないから肝心《かんじん》の理由が見つからない。多少無茶なことを命じても、大抵《たいてい》のことは嫌味《いやみ》なほど完璧《かんぺき》にこなしてみせたしな」

優秀《ゆうしゅう》だから余計にむかついたのだと、エドガーは続けた。薫のことを疑わしく思っていたから、役に立つ人材だと認めてしまうのが彼は嫌《いや》だったのだ。

「そのくせ時々おまえは、どうしようもない馬鹿《ばか》になる。俺の遊び相手がおまえの携帯《けいたい》を鳴らすたびに相手に同情して辛気臭《しんきくさ》い顔つきになったり、人の視線が集まったくらいで落ち着きをなくしたり。……初対面でもそうだった。おまえはナイジェルの気持ちを優先するあまり、自分の先行きのことなど考えてもいなかっただろう。そういうバランスの悪さも信用ならなかった」

そんなふうに思われていたのか、と薫は睫毛《まつげ》の先を震《ふる》わせた。随分《ずいぶん》と嫌われていたのだ。しかしそれはお互《たが》い様だ。出会ってすぐの頃《ころ》は薫だってエドガーを毛嫌《けぎら》いしていた。

「それにダニエルのことがあったからな。新しく近づいてくる人間には不信感を抱いていた」

ダニエルと繋《つな》がりがあるのかどうか、薫のことを彼は注意深く観察していたらしい。最初から その可能性を考え、もしも繋がりがあったら逆にそれを利用してダニエルを潰《つぶ》すつもりで、彼は様々な角度から試しながら薫を泳がせていたのだという。

伯爵家《はくしやく》に勤めた当初、これでもかとテストされたのはその為《ため》だったのかと薫はようやく納得がいった。薫を解雇するための理由を探していたのは本当だろう、けれどそれよりもダニエルとの繋がりの有無《うむ》をエドガーは見極《みきわ》めようとしていたのだ。薫の些細《ささい》なミスが見逃《みのが》されたのは、彼がそちらを優先していたからだった。そして薫がダニエルを誘《さそ》うような言動をとったとき、エドガーの不信感は頂点に達したのだという。

「だが、あの夜——レセプションの夜だ。ダニエルに一服盛られて眠っていたおまえは、俺が暴くまでもなく完全に素顔《すがお》を晒《さら》していた」

それを目《ま》の当たりにして驚《おどろ》いたのだとエドガーは言った。仮面の下には、まるで羽化したばかりの蝶《ちよう》のように柔《やわ》らかくて脆《もろ》い、それだけに美しいものが潜《ひそ》んでいた。そしてその美しいものには正体のわからぬ深い傷があり、それは癒《い》えぬまま無防備に口を開けていた。

それを見過ごせなかったのはなぜなのか、自分でもわからないとエドガーは困惑《こんわく》に眉根《まゆね》を寄せた。薫をベッドに下ろしたとき、眠っているのに泣き出しそうな顔をしてしがみついてきたのをどうしても引き剝《は》がすことができなかったのだ、と。

「不本意だったが仕方なく添《そ》い寝《ね》してやったら擦《す》り寄《よ》ってくるわ、起きるかと思って抱き締《し》めてみたら逆に本格的に眠り込むわで、疑うのも馬鹿馬鹿《ばかばか》しくなった。犬か猫の仔《ねこ》かと思ったぞ」

そう語るエドガーの声音《こわね》は心底呆《あき》れたといわんばかりだったが、その場面を思い返している瞳は柔らかで優《やさ》しく、口元にもかすかな笑《え》みが浮《う》かんでいる。

薫は気恥《きは》ずかしい思いでエドガーの話に耳を傾《かたむ》けた。

「あのときおまえは、相手が誰でもよかったはずだ。意識がなかったんだからな。だが俺は、だからこそおまえに俺を刻み付けてやりたくなった。俺を無視し続けるおまえに、どんな手を使ってでも、抱いてでも俺を認識させたくなった」

だから半ば強引《ごういん》に抱いたのだという。決して好奇心からだけではなかったのだと主張され、薫は戸惑いながらも胸の奥でなにかが熱く疼《うず》くのを感じた。

「誰でもいいなら、俺でもいいはずだ。俺にしろ」

「そんな、なぜ……」

「俺は今まで誰も信じられなかった」

それはそうだろうと、薫は痛ましくエドガーを見つめた。母親を早くになくし、義母には一歩間違《まちが》えれば死に至るほどの虐待《ぎゃくたい》をされ、それを父親には見てみぬ振《ふ》りをされて。周囲の人間は伯爵家の騒動《そうどう》を面白おかしく噂《うわさ》するばかりだった。危ないところを助けてくれたアーリントン侯爵やその息子《むすこ》のナイジェルでさえ、彼は無条件には信用できない。したくても、できないのだ。

「今でも簡単には信じられない。アーリントン侯爵でさえな。だが、おまえは違《ちが》う」

強い視線で薫をその場に縫いとめながら、エドガーが一歩距離《きょり》を縮めた。びくりと震えた薫が逃げ出すと思ったのか、素早く近づいて腕《うで》を摑《つか》んでくる。

「逃げるな」

「エドガーさま……？」

「おまえのことを信じたいと思う。おまえなら信じられるような気がしているんだ」

その言葉を、薫はうまく理解できなかった。思いがけないことばかり言われて思考が現実に追いつかず、摑まれた腕に感じるエドガーの手の大きさや力の強さ、伝わってくる体温などにばかり気がいってしまう。

――信じたい？　俺のことを？

薫は混乱した頭を必死になって巡《めぐ》らせた。けれど、どう考えても冗談《じょうだん》だとしか思えない。エドガーにそんなことを言ってもらえるだけの価値など、自分にはないはずだ。

「わたしを、からかっているのですか？」

思ったままを口にしたとき、灰色の瞳《ひとみ》に今度こそはっきりと傷ついた色が過《よぎ》るのを目の当たりにして、薫は驚き慌《あわ》てた。自分の言葉で彼が傷つくなんて思わなかったのだ。

「も、申し訳ありませんっ」

「いや、いい。俺も散々、人の言うことを切り捨ててきたクチだからな」

皮肉めいた苦笑の気配をこめかみに感じ、距離の近さに今更《いまさら》気づいて薫は小さく肩《かた》を揺らした。逃《に》げるように俯《うつむ》くと、エドガーの指に顎《あご》を掬《すく》われ自然な力で上向かされる。

「からかってなどいない。分かりやすく言うから、しっかり聞け」

エドガーが間近から目を合わせてくる。

「これまで、俺のために金や権力や人脈を使う人間はいくらかいた。だが、俺のために身体《からだ》を張るなどという馬鹿な人間はいなかった——昨日までは」

小さく息を飲み、薫はかすかに目を見開く。

「あれは自殺行為《こうい》に等しいやり方で、決して賢《かしこ》い方法ではなかった。だが、おまえだけだ。そこまでして誓《ちか》いを守ろうとした人間は」

そもそもこの俺を守るなどという誓いを立てる酔狂《すいきょう》な人間自体、過去にひとりしか知らないが、とエドガーは苦笑混じりに続け、そしてまた表情を改める。

「愚《おろ》かだが、愛《いと》しい。そう思ってなにが悪い？　そういう馬鹿なところも含《ふく》めて丸ごと俺のものにしたい、そう思うのは、むしろ自然な流れのはずだ」

怖《こわ》いくらいに真剣《しんけん》に語られる言葉が、薫の思い込みを覆《くつがえ》してゆく。

初対面から自分はエドガーには嫌《きら》われていた。それは今でも変わらないと思っていた。けれど彼は自分のことを、愚かだけれど愛しいと言う。馬鹿でも、手に入れたいと言ってくれる。そうしてエドガーが示しているのは、もしかしたら薫がこれまで一番欲しくて、けれど得られるはずがないと諦《あきら》めていたものではないだろうか。

「おまえはどうなんだ」

「どうって……」

「なぜ逃げた。やっぱりナイジェルが本命だからか？　昨日の言葉もその場凌《しの》ぎの嘘《うそ》で、本気にされたら困るからこそこそ逃げ出していったのか？」

「そんな、ナイジェルさまは関係ありません！　昨日のことだって、嘘なんかじゃな――」

「だったら、なぜ逃げた」

下手《へた》な言い訳は許さないとばかりに、薫の言葉を強く遮《さえぎ》りエドガーが核心《かくしん》に切り込んでくる。

この瞳に、もう嘘はつけない。薫は震える睫毛を上下させ、エドガーを見つめた。

「逃げたのは、……貴方のことが好きだからです」

そう告げると、エドガーの表情から一瞬《いっしゅん》険しさが消えかけた。けれどそれは「でも、」と薫が顎にかけられた彼の指をそっと外したことで、色濃《いろこ》くなって戻《もど》ってくる。

「わたしには、貴方に求められる価値はありません」

「どういうことだ」

訝《いぶか》しげにエドガーが眉根《まゆね》を寄せる。

もう、すべて話してしまおうと、薫は諦めにも似た気持ちで覚悟《かくご》を決めた。この気持ちに区切りをつけるためには、すべてを打ち明けることが一番確かな方法だ。

「ずっと前のことですが、わたしは今と同じような状況《じょうきょう》で人を好きになったことがあります。その人は大きな老舗《しにせ》旅館の跡取《あとと》りで、わたしは居候《いそうろう》でした。わたしはその人のことが本当に好きで、一生その人の傍で、その人のために生きていくつもりでした。その人もそれを望んでいると思い込んでいた。けれど、言われたのです。本気になられては困る、立場が違う、と」

遊ばれていたことに気づけなかったのだと、薫は苦く微笑《ほほえ》んだ。

「わたしがあまりにも必死にその人のことを好きだったから、可哀相《かわいそう》になったと言っていました。同情で付き合ってくれていたそうです。それにわたしはその人の言いなりでしたから、なにかと都合がよかったのでしょう。けれどその人の結婚《けっこん》が決まると、わたしは邪魔《じゃま》者になったのです。遊びは終わりだ、出て行って欲しいと、その人に言われました」

軽く伏《ふ》せた瞼《まぶた》の裏に一瞬、あの夜の雪が舞《ま》い、それを振り切るように薫は強く目を上げる。

「もう、あんな思いをするのは嫌《いや》です」

見つめる先の、薫などよりはるかに本心を隠《かく》すことに長《た》けた灰色の双眸《そうぼう》が、硬《かた》く静まり返ったその奥でなにを考えているのかはわからない。わからなくても、見つめれば愛しさが込み上げた。この瞳をずっと見つめていたい。けれど、それは無理なのだ。

「貴方のことは好きです。こんなに好きになるなんて、貴方の傍にいると約束したときには思いもしなかった。本当は、貴方の傍にいたい。ずっとお仕《つか》えしていきたい。でも、貴方だっていずれご結婚なさいます。そのときは、やはりわたしが邪魔になるでしょう」

「それに身分が違います。貴方は貴族で、わたしは使用人です。だから――」

捨てられるのがわかっていて、傍にいることなど薫にはできない。

話すごとに胸が苦しさを増してゆき、薫は必死に息を継《つ》ぐと、

「――わたしには、貴方に求められる価値はないのです」

自分の思いを断《た》ち切るようにそう話を切り上げた。

これで終わりだ。暗い水底に沈《しず》むような思いで、薫は力なく目を伏せた。

「……それか。おまえのバランスの悪さの根源は」

しばらく降りた沈黙《ちんもく》の後、ようやく納得がいったというようにエドガーが軽く頷《うなず》いた。

「おまえの言い分はわかった。好きだと言いながら、俺から逃げようとする理由もな。だが、見縊《みくび》るなよ、薫？　俺はおまえを逃がす気はない。そんなくだらない人間と一緒《いっしょ》にするな」

腹が立つ、と軽く前髪《まえがみ》を引っ張られ、薫は戸惑《とまど》った。

言葉通り、エドガーは怒《おこ》っているようだ。が、じゃれるようなその仕草には緊張感《きんちょうかん》の欠片《かけら》もない。自分の話は伝わっていないのだろうかと薫は不安になってきた。

「あの……？」

「だいたい、価値がないとはどういうことだ。馬鹿《ばか》なのも間抜《まぬ》けなのも承知の上で、俺がこれだけ欲しがっているんだ、おまえに価値がないはずないだろうが。ふざけるのも無自覚なのも大概《たいがい》にしろ」

顎を摑まれ、上向かされて、こうされるのは何度目だろうかと薫は混乱しながら考えた。睨《にら》むように目を合わせてくるエドガーが、実は怒っているのではなく必死なだけだと自分はいつからわかるようになったのだろう。この眼差《まなざ》しに、胸の痛みを覚えるようになったのはいつからだっただろうか。

「いいか？　そのつまらない男とは違《ちが》って、俺はおまえを捨てたりしない。妻を迎《むか》える予定もない。俺の傍にはおまえがいればそれでいいんだ、だからおまえはここにいろ」

「そんなの無茶です。代々続いた名家なのに」

「それがなんだ。俺の代で家が断絶したところで、誰にも迷惑《めいわく》はかからない。どうしても存続させたいのなら、もう一人異母弟がいるから、俺が死んだ後あれにでもその子供にでも、誰にでも継がせればいいんだ」

「でも、貴方はそう思っていても周囲は――」

「周りの思惑《おもわく》など知ったことか。いいから、おまえは俺を信じろ。俺のことが好きだというなら、俺を信じて傍にいろ。俺はおまえを裏切らない。絶対に、だ」

あらゆる反論を撥《は》ね除《の》けるようにエドガーが薫を遮った。腕《うで》を摑《つか》んだ手に力が込められ、指が肌《はだ》に食い込んでくる。痛かったが、痛みの分だけエドガーの真剣さが表れているような気がして、そう思ったらもう振《ふ》り払《はら》うことなど薫にはできない。

そして無茶なことを言うエドガーに、彼のためにも自分から拒絶《きょぜつ》しなければと思うのに胸がときめいて仕方がなかった。

「昨夜、おまえは俺のものになると誓ったな？　それなら俺もおまえを捨てたりしないと誓う。神にでもこの命にでも、おまえが信じるものすべてにかけて誓ってやる。俺はおまえを一生独りにはしない」

「嘘です。できもしないことをおっしゃらないでください」

エドガーの激しさに流されそうになりながら、薫は懸命《けんめい》に首を振った。しかし、エドガーの手に両の頬《ほお》を包み込まれて動けないように固定されてしまう。

「誓いは破られてはならない。おまえが破らなかったように、俺も破らない。だがそれでも疑うのなら、できるかできないか、おまえが傍で見張っていればいいんだ」

「エドガーさま、ですからそれは――」

真剣な眼差しに射貫《いぬ》かれて、それは無理なのだという否定の言葉を薫は紡《つむ》げなくなった。

「おまえ、俺を守ると言ったな？」

このままでは捕《つか》まってしまう。

「今もその気持ちは変わらないか」

逃《に》げられず、薫は頷く。

「俺が望む限り、傍にいるとも言ったな？　自分の発言には責任を持ってもらうぞ。おそらく一生、俺にはおまえが必要だ」

必要——その言葉は薫の中で小さな美しい炎《ほのお》となって、心に刺《さ》さっていた氷のような寂《さび》しさの破片《はへん》をひとつ、瞬《また》く間に溶《と》かしてしまった。

——必要……本当に？

本当だろうか。信じてもいいのだろうか。

真剣な眼差しや彼の紡ぐ言葉が、花の蔓《つる》のように甘く身体《からだ》と心に絡《から》んでくる。

ずっと誰かに必要とされたかった。外見や仕事とは関係なく、薫自身を理解して、それでも傍にいて欲しいと誰かに言って欲しかった。

それをくれたエドガーがここまで求めてくれる。それが本当に本心ならば、差《さ》し伸《の》べられた手を取って、このまま彼に捕《と》らわれてしまいたい。

けれど、それがまた自分ひとりの勘違《かんちが》いだったら——？

恐怖《きょうふ》にも似た思いを抱《だ》きながら、薫はエドガーの真意を摑もうと真剣にその目を覗《のぞ》き込む。

「エドガーさま、貴方には本当に、本当にわたしが——」

「必要だ。それも、物凄《ものすご》くな」

先回りして与《あた》えられた回答は、遊び慣れた男の言葉とは思えないほど愚直《ぐちょく》なものだった。それはわかりやすい分、薫の中に大きく響《ひび》いて心を熱く震《ふる》わせる。

「俺は、おまえのことだけは信じる。たとえ裏切るような言動を取っても、それは俺のためだともうわかっているからな。今回逃げ出したのもそうだろう。おまえ自身の怯《おび》えもあっただろうが、俺への配慮《はいりょ》もあったはずだ」

堂々と言い切る不遜《ふそん》さに、自信過剰《かじょう》だと言い返してやりたくなったが、唇《くちびる》が震えてとても無理だ。それに、悔《くや》しいけれどそれは真実だったから言い返すことに意味はない。

――本当に、傍にいてもいい……？

胸に宿った炎が勢いを増した。無数にあった寂しさの破片が次々と溶かされて、消えていく。そして今、頑《かたく》なに心を覆《おお》っていた殻《から》も燃《も》え尽《つ》き、まるで悪い魔法《まほう》が解《と》けたかのように素直な気持ちで薫はエドガーを見つめていた。

もしかしたら初めて抱かれたあの夜に、薫の本質はエドガーに暴かれていたのかもしれない。そこには、人を信じられないくせに誰かを愛し愛されたい、人を信じて寄《よ》り添《そ》いたいと願う寂しさが潜《ひそ》んでいたはずだ。それがエドガーの琴線《きんせん》になんらかの形で触《ふ》れたのかもしれない。薫が、彼の過去を知って自然とエドガーを守りたいと思ったように。

上手くいけば二人一緒に、とナイジェルは言っていたけれど、それはこういうことなのかと薫は漠然《ばくぜん》と感じていた。他人にはなかなか理解できない心の闇《やみ》や空洞《くうどう》を抱《かか》えた者同士には、互《たが》いに互いが理解し、癒《いや》すことのできる唯一《ゆいいつ》の相手だ。そして、ただ傷を舐《な》め合うのではなく、足りないものを埋《う》め合い、満たし合い、支え合って立ち上がり、前に進むことのできる関係をエドガーとならば築いていけるような気がする。

その証拠《しょうこ》に、エドガーはもう過去など見てはいなかった。

「おまえを傷つけた男のことは正直、どうしようもなく腹立たしいが、それはおまえが俺のもとへ来るためには必要な過程だったと思っておいてやる。目の前にそいつが現れたら当然報復してやるが、それより今はおまえの返事のほうがよほど重要だからな。それを聞かせろ」

「返事？」

「おまえが俺を好きなのはわかった。それで、どうするんだ。まだ逃げるのか？　それとも諦《あきら》めて俺を受け入れるか」

「それは――」

答えはもう決まっていたが、まだ薫には不安があった。

エドガーが強く自分を求めているのはわかったけれど、どういう形で求められているのか自信がない。愛しいと言ってはくれたが、それが恋愛《れんあい》感情とは限らない。それに薫は昨日何度も好きだと言ったのに、エドガーからはその言葉を貰《もら》っていないのだ。

「必要なのは、執事《しつじ》として、ですか……？」

祈《いの》るような気持ちで見つめた先で、エドガーの瞳《ひとみ》が柔《やわ》らかに細められた。

「どっちもだ。執事としても、恋人《こいびと》としても俺にはおまえが必要だ」

「エドガーさま……」

最後の寂しさの欠片が、跡形《あとかた》もなく溶けて消える。

「納得したのなら答えろ。おまえの言葉なら、俺は信じる。答えがどちらだったとしても」

もっとも答えがどちらでも結果は同じだが、とエドガーが不遜に笑った。

「受け入れるにしろ逃げるにしろ、おまえを手放す気はないからな。逃げるなら、どんな手を使ってでもおまえを俺に縛《しば》りつけて、俺なしでは生きていけなくなるまで徹底《てってい》的に躾《しつ》けてやる。好きだから傍にいさせてくれとおまえのその口に言わせるまでは、絶対に放してなどやらないからな」

だから、もう諦めて落ちて来いと、エドガーが薫の手を捕らえた。

「言ったら、放してしまいますか……？」

尋《たず》ねながら、薫は大きな手に包まれた自分の手を裏返す。手のひらが重なり、熱を帯びたふたりの指がどちらからともなく絡み合った。

「馬鹿が。そうなったら、遠慮《えんりょ》なく捕らえてがんじがらめにするに決まっているだろう」

放してなどやるか、と繋《つな》いだ手を引かれ、乱暴な言葉とは裏腹に包むように抱き締《し》められる。

「で、どっちだ」

深みのある声がゆったりと尋ねてきた。気の短いエドガーが、声を荒《あら》らげることもなく薫の返事を待っている。

「もう一度、好きだと言え。俺の傍にいる、と」

それでもやはり待ちきれないのか、欲しい答えをねだってくるのに薫の胸は高鳴った。

頷《うなず》けば、ずっと欲しかったものが手に入る。そんな幸福の予感に心が震えた。それは慣れない感覚で、嬉《うれ》しいのに少し怖《こわ》くて、逃げたいような気持ちになる。

思い返せば、薫は逃げてばかりいた。孝司から逃げ、日本から逃げて、一度はエドガーからも逃げ出して。

——でも、そんな俺のこと、この人だけは追いかけてきてくれた。

人間不信のエドガーが、疑うよりもまず自分を追ってきてくれたのだ。

だったら自分も逃げていないで、素直に向き合うべきだろう。

怖がりで弱くて、逃げてばかりの自分が嫌《きら》いだったけれど、そんな自分や、これまでにあった嫌《いや》なことや辛《つら》い出来事のすべては、彼のもとに辿《たど》りつくためには必要なことだったのだとエドガーの言うように受け入れて、素直になればいい。こんなに求めてくれるのだから、自分にはなんの価値もないだなんて思うことは、もうやめて。

「エドガーさま」

抱き締められた腕《うで》の中、薫はそっとエドガーを見上げた。

「貴方が好きです。ずっと傍にいさせてください」

思い切って告げた声は、無様なほどに震えていた。けれど、ぱっと身を離《はな》して顔を覗き込んできたエドガーがとても嬉しそうだったから、恥《は》ずかしさに顔を背《そむ》けようとした薫も急に喜びが込み上げて、知らず満面の笑みを浮《う》かべていた。

「この、馬鹿《ばか》が。いきなりそんな顔をするな」

言葉とは裏腹な優《やさ》しい声音《こわね》が、甘く鼓膜《こまく》を震わせる。そして、

「俺も好きだ、薫。おまえだけが好きだ」

欲しくて仕方のなかった言葉と共に、唇にキスが落ちてきた。

6

セックスは快楽を得るための手段のひとつに過ぎない、だなんて。

そんなふうに考えていたのが嘘《うそ》みたいだと、押し寄せる快楽の波を指の背を噛《か》んで堪《こら》えながら薫は頭の隅《すみ》で思った。

さすがにあのままなだれ込むのは余裕《よゆう》のない子供のようで気恥《きは》ずかしく、食事を済ませ、シャワーを浴びた後、改めてそういう雰囲気《ふんいき》になったのだが。

「ふ、くぅ……っ、んっ……」

シーツにうつ伏《ぶ》せて腰《こし》だけを高く引き上げられ、身体《からだ》の奥底にエドガーの指を飲まされることなどこれまで何度もあったのに、薫はまるでそうされるのが初めてのように緊張《きんちょう》していた。

既《すで》に柔らかく溶《と》け出しているそこは三本の指をくわえ込み、エドガーが指を動かすたびにくちゅくちゅと濡《ぬ》れた音を響かせる。

——どうしよう。なんか、なんだか、もの凄《すご》く……恥ずかしい。

慣れた身体はその刺激《しげき》を快楽として容易《たやす》く受け入れてしまうのに、心が身体についていけず、薫は真っ赤になった顔を枕《まくら》に埋めて熱い吐息《といき》を噛み殺していた。

「いつも思っていたが……どこもかしこも、綺麗《きれい》なものだな」

「そん、な……、ぁっ」

ありふれた褒《ほ》め言葉にも馬鹿みたいに胸がときめいて、かっと肌《はだ》が火照《ほて》ってしまう。肩口《かたぐち》で薄《うす》く笑った唇に赤くなったうなじを吸われ、あ、と小さく声を上げた薫は、身体の奥深くで蠢《うごめ》いている男の指をきゅうっと締めつけてしまった。

「あ、んっ」

じん…、と切ない疼《うず》きが生まれ、身体中に広がっていく。エドガーは甘く絡《から》みつく柔らかな内壁《ないへき》を指で押し広げ、感じるように擦《こす》りながら唇《くちびる》を背中へと滑《すべ》らせた。

「蝶《ちょう》のようだと、前にも思った。今も……ここに、翅《はね》がないのが不思議なくらいだ」

「や、あんっ……」

肩甲骨《けんこうこつ》を舌で辿られて、薫は身を竦《すく》ませる。

「今度こそ、俺のものだ、俺のものだな……?」

俺のもの——その言葉にきゅんと胸を締め付《つ》けられて薫は声が出せなくなる。こくんと小さく頷くのが精一杯《せいいっぱい》だ。

些細《ささい》なことにも敏感《びんかん》に反応する身体は、まるで薄皮《うすかわ》を一枚きれいに剝《は》がれた後のようだった。生まれたばかりの肌に触《ふ》れられているのかと思うほど、身体中が感じやすくなっている。

そもそも最初のキスからして、これまでと同じように淡々《たんたん》と受け入れることができなかった。シャツの釦《ボタン》をはずしていく長い指に身を震《ふる》わせ、首筋を這《は》う熱っぽい唇に膝《ひざ》から崩《くず》れそうになり、自分はいったいどうしてしまったのかと混乱しかけたほどだ。

たいしたことじゃないと思っていたセックスは、気持ちが通じ合った後ではこれまでとまるで違《ちが》う意味を帯びて、特別なものになっていた。

好きな人と肌を合わせ、心と身体のすべてに触れ合い、身体を繋いで誰よりも近い位置で抱《だ》き締め合う。

そんな幸せを知ってしまったら、もうひとりには戻《もど》れない。

そう思ったら急に怖くなって逃《に》げるようにエドガーに背を向けたのだが、彼は薫を咎《とが》めなかった。これまであれほど隠《かく》すな、見せろとこだわっていたのに、

「今更《いまさら》、照れるな」

そう一言からかっただけで、薫の身体をそっとうつ伏せにしてくれた。薫はそのまま背中から彼の懐《ふところ》深くに抱きとられ、わけのわからない羞恥《しゅうち》と緊張に震えながら細《こま》やかな愛撫《あいぶ》に身を任せることになったのだ。

「やぁ…んっ」

背中を何度も啄《つい》ばまれ甘えた声で啼《な》きながら、きつく背筋をしならせた薫はこれまでと比べてはるかに鋭敏《えいびん》になった自分の感覚に半ば怯《おび》えていた。少し肌を指先で辿られたり唇で触れられたりするだけで、怖いくらいに感じるのだ。

「心臓、凄いぞ」

「や、いやっ……」

指にめちゃくちゃにかき回されて震える腰を抱いていた腕が、すっとはずれた。大きな手が下腹部からするりと上がって、どくどくと跳《は》ねている左胸に触れてくる。熱い手に心臓をじかに握《にぎ》り取られたような気がして、鼓動《こどう》は更《さら》に速くなった。

「や、だ……ずるい、貴方は、どうして……？」

どうして自分ばかり、こんなに緊張して興奮してドキドキしなきゃならないんだ、と薫は涙目《なみだめ》でエドガーを振《ふ》り返った。赤くなった目許《めもと》に、微《かす》かに笑んだ唇が触れてくる。

「馬鹿。おまえひとりの訳があるか」

俺もだ、と体重をかけずに広い胸が背中に重なってきた。触れ合ったところから自分より少しだけ低い体温と、心臓の音が伝わってくる。

「あ……」

「ほら、な？」

エドガーの匂《にお》いに全身を包まれて、頭の芯《しん》がくらりと溶けた。背中越《ご》しに響《ひび》いてくる速い鼓動に体温が一気に跳ね上がる。

――キス、して欲しい。

そう思ったときには薫は無理に首を捻《ひね》って、エドガーの唇に自分のそれで触れていた。柔《やわ》らかく押しつけ、薄い下唇をそっと舐《な》めるとエドガーの唇が弧《こ》を描《えが》く。

「……煽《あお》ったのは、おまえだからな」

口移しにそう伝えられたと思ったら、頬《ほお》を押さえられて激しい侵略《しんりゃく》にあった。呼吸ごと奪《うば》うような口づけに、薫はあっという間に溺《おぼ》れていく。蹂躙《じゅうりん》するような勢いで口腔《こうこう》を愛撫するエドガーの舌になんとか応《こた》えようとするのだけれど、姿勢が苦しく、体内を三本の指にぐちゅぐちゅとかき回されていては応えるどころではない。なす術《すべ》もなく翻弄《ほんろう》されるばかりだ。

「ぅ、ふ、っ……んんっ……」

エドガーの愛撫は相変わらず容赦《ようしゃ》がなかったが、それはこれまでのように薫を追い詰《つ》め、突《つ》き崩そうとする攻撃《こうげき》的なものではなかった。

愛しまれ、慈《いつく》しまれているのがキスひとつ、触れる指先の些細な動きからでさえ伝わってくる。とても大切に、傷つけないようにと気遣《きづか》われているのが嬉《うれ》しかった。なんの価値もないと思っていたこの身体と心を宝物のように扱《あつか》われるのは、気恥ずかしいけれど心地好《ここちよ》い。エドガーのための身体へと彼の手によって変えられていくのが嬉しくて、とても幸せで、感じるところを探《さぐ》り当てては的確に与《あた》えられる快楽より、その事実のほうがよほど薫を蕩《とろ》けさせる。

「ん、ふ……」

――もう、欲しい。

そんな薫の心の声が聞こえたかのように、ずるりと指が引き抜《ぬ》かれた。その感触《かんしょく》に身を震わせていると、薫の舌を吸い上げながらエドガーが熱を押し当ててくる。

痛いほど吸われ、じんと甘く痺《しび》れた舌を優《やさ》しく舐められて身体が蕩けた。その瞬間《しゅんかん》を狙《ねら》いすまして、エドガーが腰を進めてくる。

「…っ、ぅ、んんっ……」

衝撃《しょうげき》に、喉《のど》が鳴った。

小さく抜き差しをしながら、ゆっくり、ゆっくりと体内に熱くて硬《かた》い大きなものが入り込んでくる。徒《いたず》らに焦《じ》らすのではなく、傷つけないようにと気遣いながら侵入《しんにゅう》してくるくせに、エドガーは苦しい姿勢で合わせた唇を決して解《と》こうとはしなかった。そんな我が儘《まま》な情熱を、薫は身を縮め、喉声で啼きながら必死になって受け入れていく。

「…んぅ、ふ、ン、んーっ……」

指に溶かされて柔らかくなった粘膜《ねんまく》をず、ず、と小さく擦られる感触に、身体が震え、胸が震えた。身体の奥から切ない熱が滲《にじ》み出し、内側から溶けてしまいそうだ。エドガーが欲しくて、早く奥までいっぱいに満たして欲しくて、薫は無意識にもっと腰を揺《ゆ》らした。

「そう焦《あせ》るな。欲張りめ」

「だって、だって……あ、あっ、んん…っ」

すかさずからかわれたが、言い返す余裕などとうにない。薫は身体に回されたエドガーの腕《うで》に必死になって縋《すが》りつく。

「あ、っ……そこ、や、ぁっ」

肩甲骨に舌を這わされ、軽く歯を立てられて、中途半端《ちゅうとはんぱ》に穿《うが》たれている腰を薫はびくびくと跳ねあげた。だが、すぐにエドガーの両手に強く摑《つか》まれて動けないように固定されてしまい、今度は背筋を引き攣《つ》らせる。

「や、背中、や…っ、あ、あぁ…っ」

「嫌《いや》には見えないが……？」

意地悪くも楽しげな声が背筋を撫《な》でて、後を追うように唇が触れてきた。きゅっと強く吸い上げられて、甘美《かんび》な刺激《しげき》の走った背筋を薫は軋《きし》むほど深くしならせる。その動きに呼応して内壁がきつく収斂《しゅうれん》したが、そこをエドガーの熱に擦り上げられてまた少し奥へと拓《ひら》かれる。その生々しい感触に、鳥肌《とりはだ》がたつほど感じて薫は高く啼いた。

「やぁっ、も、っ……はや、く……」

「駄目《だめ》だ。傷つけたくない。ゆっくり…な」

「嫌、お願い……っ」

焦らされるのはもう嫌だ。するなら早くとせがむ細腰《ほそごし》は、けれど押さえつけられてしまう。

エドガーは時間をかけて味わうように薫の身体《からだ》を貫《つらぬ》いてゆき、ようやく根元まで納めたときは互《たが》いの肌《はだ》がいつの間にか馴染《なじ》んで、同じほど熱を上げていた。

「あ、あっ……」

身体を繋《つな》ぎ、体温が溶《と》け合う、そのうっとりとするような快美感。鼓動のリズムまで重なり

合い、それを感じているだけで骨まで溶けてしまいそうだ。

――こんなふうになるなんて、知らなかった。

同じ抱き合う行為《こうい》でも、心の繋がりがあるのとないのとでは、その意味も感じ方もまるで違《ちが》う。身体だけでなく心まで感じやすくなるなんて、薫には初めてのことだ。

最初の恋《こい》は薫が一方的に熱をあげていただけで、孝司の中には欲望しかなかった。

やけになって遊んだ男達との間には、心の繋がりなどもちろんなかった。

こんなふうに抱《だ》かれたことは一度もない。

こんなに愛されていると感じたことも、愛《いと》しさを覚えたこともなかった。

愛しいと、そう思うだけで涙が出てくるなんて初めてだ。

「エドガー、さま……」

顔が見たい。

あれほど正面から見られなかった灰色の瞳《ひとみ》が今どうしても欲しくなり、薫は無理やり身を捻った。察したエドガーが、繋がったまま上手《うま》く薫の身体を返してくれる。その拍子《ひょうし》に熱くなった箇所《かしょ》をめちゃくちゃに擦《こす》られて、感じて感じてどうにかなりそうだったけれど、身を竦《すく》めて薫は耐《た》えた。

「……っ」

涙の浮《う》かんだ目を精一杯《せいいっぱい》に開く。

目が合っただけで、胸がずきんと甘く疼《うず》いた。どうしようもない強さで、心が彼へと引きずり寄せられていくのを止められない。

「……好き」

沸《わ》きあがる衝動《しょうどう》のまま告白し、シーツを握り締《し》めていた指をそっと開く。

「すき……好きです。貴方が、好き……」

何度もそう繰《く》り返し、薫は細い両手を伸《の》ばしてエドガーの背中に回した。きつくしがみつくと、俺もだ、と逞《たくま》しい腕がしっかりと抱き返してくれる。

エドガーの舌が薫の唇《くちびる》をなぞり、舌を舐めた。キスは頰を滑《すべ》り、泣きぼくろの位置で、ちゅ、と小さく音を立てる。その場に留《とど》まった唇が、くらりと酔《よ》わされそうなほど深みのある甘い声で囁《ささや》いた。

「前も、こんなふうに震《ふる》えていたな」

「ん……な、に？」

「レセプションの夜のことだ。あのとき、俺にしがみついてきたおまえの体温と震えが腕いっぱいに伝わってきて……妙《みょう》な気分になった。そのまま壊《こわ》してしまいたいような、そうするのが惜《お》しいような――やけに歯がゆい胸騒《むなさわ》ぎがして、おまえをこの手でどうにかしたい、そんな気分になった」

なんの心構えもなく突然《とつぜん》その脆《もろ》い内面を見つけてしまい、柄《がら》にもなく動揺《どうよう》したのかもしれない。そんなふうに言って、目尻《めじり》に溜《た》まった薫の涙《なみだ》をエドガーはキスで拭《ぬぐ》った。

「あれは結構な衝撃だったが、……はまるきっかけだったのかもな。今も、おまえがこうして俺の腕の中で震えているとたまらない気分になる」

「どうにか、したく……なり、ます…か……？」

「なる。こんなふうに」

「あぁ…っ」

ぐっ、と強く突き上げられ、薫の爪先《つまさき》が空を蹴《け》る。深々と貫かれる衝撃に、全身に甘い痺れが走った。

「嫌か…？」

「や、んっ……嫌、だなん、て……っ」

「なら、好きか」

こうされるのが、と今度はぐりぐりと腰《こし》を回される。弱いところを集中的に責められて、薫は腰を跳《は》ね上げながら懸命《けんめい》に首を振《ふ》った。

「す、きっ……貴方に、される、なら……っ、どんなことでも、好き……だから、」

どうにでもして、と薫は甘く潤《うる》んだ瞳を向けた。そこには切ないまでの一途《いちず》な思いが強く瞬《またた》いている。

「薫」

「貴方の、好きに……されたい……貴方の、いいように……」

貴方のためなら、なんでもする。そう告げた途端《とたん》、薫は嵐《あらし》に攫《さら》われるように、逞しい両腕《りょううで》に奪《うば》い取られた。

「だから、おまえは馬鹿《ばか》だと言うんだ……っ」

胸と胸とを隙間《すきま》もないほどぴたりと合わせ、折れるほどに抱き締められる。そのまま激しく揺さぶられ、薫はたちまち凄《すさ》まじいまでの快楽の渦《うず》に巻き込まれた。

「あ、あんっ、や、ぁ……っ」

「なんでもするなどと、軽々しく、口にするな」

あんな思いをさせられるのは二度とご免《めん》だ、と痛みを秘めた声が薫の耳朶《みみたぶ》を噛《か》んでくる。

薫が、エドガーに自分を切り捨てさせようとしたこと。裏切りの言葉よりもそちらのほうに彼はより傷ついたのだと知って、罪悪感を覚えると同時に歓喜《かんき》に胸が熱くなる。

「ごめ、な、さ……っ、ぁ……っ」

「あんなことはするな。自分を擲《なげう》つような真似は……もう、二度と許さない」

薫の身体を永遠に繋ぎとめるかのように、エドガーが激しく突《つ》き上げてきた。首といわず肩《かた》といわず獰猛《どうもう》なキスが降り、いっそこのまま食べられてしまいたいと、薫の胸を刹那《せつな》的な思いが過《よぎ》る。

背中をきつく抱き寄《よ》せられ、擦りつけるように腰を深く穿たれた。物凄《ものすご》く奥まで届いて、その深さに怯《おび》えた身体が無意識に逃《に》げを打とうとする。それを力ずくで引き戻《もど》されて、更《さら》に強く腰を打ちつけられた。

「おまえだけだ」

エドガーの荒《あら》い息遣《いきづか》いが耳朶に触《ふ》れる。

「……忘れるな。俺には、これまでもこれからも、おまえだけだ」

「エド、ガー、さ、ぁっ……」

ああ、もう駄目だ、と溶け出した頭の片隅《かたすみ》で薫は思った。そんな台詞《せりふ》を、こんなにも熱い声で告げられたら、きっと一生、離《はな》れられない。

ぞくぞくとした甘い戦慄《せんりつ》が背筋を灼《や》いて駆《か》け上がり、頭の芯《しん》まで燃えるように熱くなる。

「……っき……、エドガーさ、ま…っ、好き、す…き…っ……」

堰《せき》を切って溢《あふ》れ出した思いを言葉にするたびに、心と身体が輪郭《りんかく》をなくしていくような気がした。鼓動《こどう》が重なり、触れ合う部分から境界がなくなり、ふたつの身体がひとつに甘く溶け合っていくような錯覚《さっかく》に包まれる。

なんて幸せな一体感だろう。

触れ合う肌を通して、自分の心がそっくりそのままエドガーに届いているような気がした。過不足も、誤りも、歪《ゆが》むこともなく、思いの形をそのままに。

「エドガーさま……っ、エドガー……さ、ま……っ」

「わかってる。俺もだ」

好きだと言わなくてもわかり合える。

欲しいと思うとキスが降る。

そうしたいと思ってエドガーを抱き締め、その身体を自分の方へと引き寄せるようにしたら、妙に満足そうな笑みを浮かべた唇に首筋をきつく吸われた。

「あ、あんっ、も、ああ……っ」

それだけで大袈裟《おおげさ》なほど感じて悶《もだ》えた身体《からだ》をめちゃくちゃに犯され、薫は悲鳴のような声をあげた。拘束《こうそく》してくる腕《うで》の中、息もできないほどきつく責め上げられて凄まじい快楽を送り込まれる。壊れたみたいにぼろぼろ泣きながら、それでも嫌《いや》だともやめて欲しいとも思わない。

身体を出入りするエドガーの熱が愛しくて、気持ちがよくてたまらない。

「ひ、あ、ぁっ、――――ッ」

リズムもなにもなく揉《も》みしだかれ、扱《しご》きあげられた性器から熱を放ち、声も出せずにがくがくと薫は震えた。それでもエドガーは許してくれず、収縮する後孔《こうこう》を拓《ひら》いて突き上げてくる。

内側から喰《く》らい尽《つ》くすかのようなエドガーの激しさを、薫は受け止め続けた。最後まで従順に身体を開いて火のような猛《たけ》りを包み込む。

「薫……ッ」

「は、ぁんっ、あぁっ……！」

抱きすくめられた腕の中、注ぎ込まれた熱情に身体の奥を焼かれ、その感触《かんしょく》に引き摺《ず》り上げられるようにして再び薫も頂点に達した。

そのまま少しの間、意識を失っていたのかもしれない。

もうすっかり馴染《なじ》んだ唇が自分のそこに触れたと思ったら、冷たいものが流れ込んできて優しく喉《のど》を通っていった。

「ん、ふ……」

「もっと飲むか？」

頷《うなず》くと、また口移しに水を与《あた》えられる。それを飲み干し、ひどく甘い気分で目を閉じていたら、しっかりとした高い鼻梁《びりょう》が、すり、とこめかみに擦《す》り付けられた。

ずっと厭《いと》ってきた泣きぼくろ。そこを気に入っているらしく、エドガーが唇で触れてくる。

色んな意味でのくすぐったさに薫が小さく身じろぐと、逃げるな、と強く抱《だ》き直された。

——この人、実は結構甘えん坊《ぼう》なのかも。

きっと自分と同じ、愛したがりの愛されたがりだ。

そんなことを考えながら恋人《こいびと》の顔を探《さが》して巡《めぐ》らせた視界の隅《すみ》を、あの絵皿が過ぎった。

「アンダー・ザ・ローズ……」

ぽつりと呟《つぶや》いた言葉をエドガーが聞きとめ、薫の視線を追いかける。

「そうだ、アンダー・ザ・ローズ。よくわかったな。十世スタッドフォード伯爵《はくしゃく》の秘密の恋《こい》を写し取った、あの絵皿の名がそれだ」

薔薇《ばら》の下の、匂菫《においすみれ》。秘密の恋を暗示するモチーフだ。

「十世伯爵、つまり俺の祖父だが、祖父は結婚《けっこん》前から大事にしていた恋人がいたんだ。相手はメイドで、祖父の結婚が決まったときに別れたそうだ。だが祖父は彼女を忘れられず、自分の気持ちを手ずから絵に託《たく》して二枚の絵皿を作らせた。一枚は別れたメイドに渡《わた》し、もう一枚がここにある、あの絵皿だ」

「そんな由来があったのですか」

確かにそんな事情があったなら、外部の人間に簡単には由来を明かせないだろう。どんなに調べても来歴がわからなかった訳だ。

子供の頃《ころ》、病身の母を気遣《きづか》って見舞《みま》いにきてくれた祖父から聞いたのだと、エドガーは少しの間、遠くを見るような目をした。ふいに込み上げてきた切なさに、薫もかすかに目を細める。

エドガーの祖父とその恋人のように離《はな》ればなれになることはないけれど、この恋はやはり人に知られてはならないものだ。エドガーのためにも伯爵家のためにも、誰にも気づかれないように隠《かく》さなければならない。その苦しさを思い、けれどふたりなら大丈夫《だいじょうぶ》だと薫は不安を振り払《はら》う。

「祖母のことも大事にしていたが、結局最後まで祖父の気持ちは菫から動かなかった。年老いてからも祖父はよく俺にこう言った。誰にも秘密だが、この菫が人生最高の財産だ、と」

　ダニエルはそれを聞いて誤解したのだろうとエドガーは皮肉な笑みを浮《う》かべる。けれど薫と目が合うと、その笑みは悪戯《いたずら》っぽく甘いものになった。

「花の姿で絵皿に写し取った後でさえ、誰にも奪われないように隠していたほど大事な恋人、か。今となっては、祖父の気持ちがわからなくもない」

「エドガーさま？」

　シーツに散った薫の艶《つや》やかな黒髪《くろかみ》をエドガーが掬《すく》い、唇《くちびる》を寄せる。それをくすぐったい気持ちで見つめながら、薫は話の続きを促《うなが》した。

「誰にも見せずに隠してしまいたい気もするが、そういうわけにもいかないからな。なにしろおまえはうちの優秀《ゆうしゅう》な執事《しつじ》だ。薔薇の下に隠れているより、花の上を自由に舞《ま》うほうがおまえにはきっと似合っている」

　だから、とエドガーはにやりと笑んだ。

「俺のものだとわかるように、印をつけておく。それで妥協《だきょう》してやろう」

「え、え？　あ……っ」

　いきなり伸《の》し掛《か》かってきたかと思うと薫の肩口《かたぐち》に顔を埋《う》め、エドガーは刻印のように首筋に口づけの痕《あと》を残した。

「な、なんてことをするんです!?　こんなところ、隠れないじゃないですか！」

　耳の下に痺《しび》れるようなキスの余韻《よいん》があった。髪《かみ》にもシャツにも隠れない位置だ。この感じからして、誤魔化《ごまか》しようがないほどくっきりと痕が残っているだろう。

「当然だろう。見えなきゃ意味がないんだからな」

　エドガーはまるで悪びれず、平然とそんなことを言う。

「こ、こんなこと、紳士《しんし》のなさることではありません」

「紳士なんかじゃないさ。おまえに対しては、俺は常に獣《けもの》だ」

　それにおまえ、忘れてないか？　とエドガーが口角を引き上げる。

「俺はタブロイド紙の常連だぞ。好みに合えば性別も国籍《こくせき》も問わないことは周知の事実だ。おまえのことだから家や俺のために隠す気でいるんだろうが、俺が誰と付き合おうが今更《いまさら》誰も気にしない」

　だから隠すつもりはないと宣言されて、薫は目を見開いた。

「で、ですがエドガーさま！　わたしは執事で、使用人で——」

「ああ、もう黙《だま》れ。いいから騒《さわ》ぐな。後のことは俺がすべて取り計らうから、おまえはなにも心配しなくていい」

「そんなの、余計心配です！」

　思わず跳《は》ね起きようとした薫は、けれど長い腕の中に閉じ込められてしまった。そうされると逆らえなくなることを既《すで》に心得ているのか、彼はしっかりと薫を抱き締《し》めてくる。

「おい、まずは近いうちに侯爵《こうしゃく》家へ出向くかナイジェルを招待するぞ。あいつには、おまえは俺のものだと見せつけなければ気が済まない」

「な、なんでそんなことを」

「牽制《けんせい》だ」

「は？」

「わからないなら、それでいい。あいつは敵ではないようだが、まだ完全には信用できないからな。それに、おまえのことは自分のほうが知っているというあの態度が気に食わない」

「な、なにをおっしゃっているのか」

「わからないならいいと言っただろう。だが、これだけは憶《おぼ》えておけ。おまえの主《あるじ》は俺で、恋人も俺だ。帰る家はこの屋敷《やしき》。それだけは絶対に忘れるな」

「エドガーさま……？」

「いいな？」

エドガーは真剣《しんけん》だ。なぜこんなにムキになっているのかは知らないが、初めて見るそんな様子は薫にはとても可愛《かわい》く見える。

薫は知らず微笑《ほほえ》むと、両手をするりとエドガーの首に回した。

「おっしゃる通りに。エドガーさま」

貴方のためならなんでもしよう。

貴方の望みなら、なんだって叶《かな》える。

そう心に決めている薫は長い睫毛《まつげ》を羽ばたかせ、自《みずか》ら誓《ちか》いのキスをした。

あとがき

初めまして、こんにちは。

この本が二作目となりました、羽鳥有紀です。

デビュー作に引き続き、この作品もロンドンが舞台《ぶたい》となりました。といっても、前作とはなんの繋《つな》がりもないのですが。

今回は、経験豊富で遊び慣れているはずなのに本気の恋愛《れんあい》は不慣れでぎくしゃくしてしまう、不器用な人達のお話です。

主役の二人、エドガーと薫は英国貴族とその執事《しつじ》。主従ものです！

主従ものは主×従も下克上《げこくじょう》も大好きで、今回は主×従に挑戦《ちょうせん》させていただきました。ですがエドガーと薫は喧嘩《けんか》ばかりしていて、あまり主従らしくないような……。主従ものというより、二人がちゃんとした主従兼恋人《けんこいびと》になるまで、といった感じのお話になりましたが、いかがでしたでしょうか？

主従関係はともかく恋人としてのエドガーと薫は、ぐるぐる悩《なや》んだ分、開き直ってくっついたら周囲が引くほどのラブさ加減を見せ付けるバカップルになりそうです。エンディングでその片鱗《へんりん》が見えたような気がします。

なにしろまともな恋愛経験がゼロに等しい二人なので、吹《ふ》っ切れた後の感情表現は加減を知らない子供みたいにストレート。とりあえず宣言通り、ナイジェルに見せ付けるところから彼らのバカップル人生は始まるのでしょう。ナイジェルには迷惑《めいわく》な話ですが、辛《つら》いことが沢山《たくさん》あった二人ですし、公私はきちんと区別しそうなので、プライベートでは糖度高めな生活を満喫《まんきつ》してもいいんじゃないかなと思います。

周囲の人達に呆《あき》れられつつ、どうぞ末永くお幸せに。

前作に引き続き、水名瀬雅良先生が勿体《もったい》ないくらい美しいイラストでこのお話を飾《かざ》ってくださいました。どうやってこんなに格好いいエドガーや美人な薫を鮮《あざ》やかに描《えが》き出されているのかと、幸せに思うと同時に心底不思議です。いただいたキャララフの、イメージをはるかに上回るエドガーや薫の姿にキャーキャー言って喜んでいたら、その更《さら》に上を行く美麗《びれい》なカラーイラストを目にしてびっくりするやら嬉《うれ》しいやら。……感激です。どれだけ感謝してもしきれません。素敵《すてき》すぎるイラストを、本当にありがとうございました。

担当様にはご多忙《たぼう》の中、大変お世話になりました。担当様の、目からぼろぼろ鱗《うろこ》が落ちる的確なアドバイスにはとても感謝しています。その割には反応の鈍《にぶ》い未熟者ではありますが、これからも精進《しょうじん》しますので、今後ともどうぞ宜《よろ》しくお願い致《いた》します。

そして最後になりましたが、ここまでお付き合いくださいました皆様《みなさま》。

本作をお手に取ってくださいまして、本当にありがとうございました。

少しでも楽しんでいただけたら嬉しいです。

またいつか、皆様にお会いできますように。

二〇〇七年九月

羽鳥有紀　拝

KADOKAWA RUBY BUNKO

英国執事《えいこくしつじ》の淫《みだ》らな夜《よる》
羽鳥有紀《はとりゆき》

角川ルビー文庫 R114-2　　14913

平成19年11月1日 初版発行
平成20年9月25日 3版発行

発行者——井上伸一郎
発行所——株式会社角川書店
東京都千代田区富士見2-13-3
電話/編集(03)3238-8697
〒102-8078
発売元——株式会社角川グループパブリッシング
東京都千代田区富士見2-13-3
電話/営業(03)3238-8521
〒102-8177
http://www.kadokawa.co.jp
印刷所——旭印刷　製本所——本間製本
装幀者——鈴木洋介

ISBN978-4-04-452902-4 C0193 定価はカバーに明記してあります。

KADOKAWA RUBY BUNKO

角川ルビー文庫

いつも「ルビー文庫」を
ご愛読いただきありがとうございます。
今回の作品はいかがでしたか？
ぜひ、ご感想をお寄せください。

〈ファンレターのあて先〉

〒102-8078 東京都千代田区富士見2-13-3
角川書店 ルビー文庫編集部気付
「羽鳥有紀先生」係

恋のゲームは豪華客船で!
天野かづき
Kazuki Amano
イラスト◆あさとえいり
中国系マフィア(!?)&ディーラーで贈る
アナタにも「多分」出来る豪華客船ラブをどうぞ!
借金と引き替えに豪華客船に乗り込み
中国人実業家の蔡文狼に近づくことになった
ディーラーの浅葱ですが…!?

ルビー文庫

天野かづき
kazuki amano
イラスト こうじま奈月
natsuki koujima
超豪華客船オーナー×
花嫁に逃げられた医者が魅せる
貴方にも（多分）出来る、船上ラブロマンス！
貴方の願いを何でも叶えてあげましょう。
その代わり――…
花嫁に逃げられ
新婚旅行で乗るハズの
豪華客船に一人で乗り込んだ
医者の一紗。 待っていたのは、
船のオーナーのアルベルトに
口説かれる毎日で…？
船上ラブロマンスはいかが？
ルビー文庫

ぜんぶはじめて
藤崎都＆桜城ややで贈る
イジワルエロ(!?)医師×童貞リーマンの
初めてだらけなラブ・レッスン!?
全部、俺が教えてやるよ。
——手取り足取り、腰取り、な？
藤崎都
イラスト
桜城やや
医務室の臨時医師である松前に、彼女との初Hに失敗したことを知られてしまった童貞の上総。そのうえ「俺が診てやろうか？」なんて言いだした松前から、うっかり脱童貞の心得を学ぶハメになって…？

ルビー文庫

その声で、イカせて
タチの悪いその声に
――カラダごと、煽られる。
Sakurako Kuze
久瀬桜子
イラスト/陸裕千景子
カリスマ声優×新米医師のセクシャル・ボイス・ラブ!
声優として活躍する剣崎と、9年ぶりに再会した医師・深見。
その声に『欲情』した過去を持つ深見は…!?

ルビー文庫

その声で、泣かせて
――目を閉じて、
カラダだけで感じればいい。
Sakurako Kuze
久瀬桜子
イラスト/陸裕千景子

もっといじめて
思っていた以上に適性があるみたいだな。
——それとも、俺と相性がいいのか？
サド気質なカメラマン×M属性な配達ドライバーの
初めてだらけなラブ・レッスン!?
藤崎都
イラスト
桜城やや
有名写真家・千石への届け物を
破損させてしまった配達ドライバーの基樹。
代償に求められたものは…？

ルビー文庫